Translated Language Learning

Alices Abenteuer im Wunderland

Alices Äventyr i Underlandet

Lewis Carroll

Deutsch / Svenska

Runter in den Kaninchenbau
ner i kaninhålet

Alice fing an, sehr müde zu werden

Alice började bli väldigt trött

Sie saß neben ihrer Schwester auf der Grasbank

Hon satt bredvid sin syster på gräsvallen

aber sie hatte nichts zu tun

Men hon hade inget att göra

Ihre Schwester las ein Buch

Hennes syster läste en bok

Ein- oder zweimal schaute Alice in das Buch

en eller två gånger kikade Alice in i boken

aber das Buch enthielt keine Bilder oder Gespräche

Men boken innehöll inga bilder eller konversationer

"Was nützt ein Buch ohne Bilder?", dachte Alice

"Vad är det för mening med en bok utan bilder?", tänkte Alice

"Warum sollte ein Buch keine Gespräche führen?"

"Varför skulle en bok inte ha några samtal?"

Aber sie hatte noch andere Dinge zu bedenken

Men hon hade annat att tänka på

"Es wäre ein Vergnügen, eine Kette aus Gänseblümchen zu machen"

"Att göra en kedja av prästkragar skulle vara ett nöje"

"Aber lohnt es sich, aufzustehen und die Gänseblümchen zu pflücken??"

"Men är det värt besväret att gå upp och plocka prästkragarna??"

Das war nicht so leicht zu denken

Det var inte så lätt att tänka på

weil sie sich an diesem Tag schläfrig und dumm fühlte

För dagen fick henne att känna sig sömnig och dum

aber plötzlich wurden ihre Gedanken unterbrochen

Men plötsligt avbröts hennes tankar

ein weißes Kaninchen mit rosa Augen lief nah an ihr vorbei

en vit kanin med rosa ögon sprang tätt intill henne

Es war nichts übermäßig Bemerkenswertes an dem Kaninchen

Det var inget överdrivet märkvärdigt med kaninen

und Alice fand das Kaninchen auch nicht bemerkenswert

och Alice tyckte inte heller att kaninen var märkvärdig

auch überraschte es sie nicht, als das Kaninchen sprach

Inte heller förvånade det henne när Kaninen talade

»O je! Ich werde zu spät kommen!« sagte er zu sich selbst

"Kära nån! Jag kommer för sent!» sade han till sig själv

aber dann tat das Kaninchen etwas, was Kaninchen nicht tun

men sedan gjorde Kaninen något som kaniner inte gjorde

das Kaninchen zog eine Uhr aus der Westentasche

Kaninen tog upp en klocka ur västfickan

Er schaute auf die Uhr und eilte dann weiter

Han tittade på klockan och skyndade sedan vidare

Alice erhob sich erstaunt

Alice reste sig förvånat

Sie hatte noch nie zuvor ein Kaninchen mit Weste gesehen!

Hon hade aldrig sett en kanin med väst förut!

noch hatte sie je ein Kaninchen mit einer Uhr gesehen!

Inte heller hade hon någonsin sett en kanin med en klocka!

Alice brannte vor neuer Neugierde

Alice brann av en ny nyfikenhet

und sie rannte über das Feld hinter dem Kaninchen her

och hon sprang över fältet efter kaninen

Sie kam gerade noch rechtzeitig, um das Kaninchen verschwinden zu sehen

Hon hann precis i tid för att se kaninen försvinna

Das Kaninchen hüpfte in einen großen Kaninchenbau hinab

Kaninen hoppade ner i ett stort kaninhål

Im nächsten Augenblick stürzte Alice hinter dem Kaninchen her!

I ett annat ögonblick sprang Alice efter kaninen!

Der Kaninchenbau ging geradeaus wie ein Tunnel

Kaninhålet gick rakt fram som en tunnel

und der Tunnel ging noch eine Weile weiter

Och tunneln fortsatte en bit

und dann senkte sich der Weg plötzlich hinunter

Och så dök stigen plötsligt ner

Alice hatte keinen Augenblick, daran zu denken, ob sie sich zurückhalten sollte

Alice hade inte en sekund att tänka på att hejda sig
Sie fiel hin und hinunter und hinunter
Hon kom på sig själv med att falla ner och ner och ner
Es schien, als sei sie in einen sehr tiefen Brunnen gefallen
Det såg ut som om hon hade fallit ner i en mycket djup brunn
Entweder war der Brunnen sehr tief, oder sie fiel sehr langsam
Antingen var brunnen mycket djup, eller så föll hon mycket långsamt
denn sie hatte viel Zeit zum Fallen
för hon hade gott om tid att falla
Als sie fiel, konnte sie sich umsehen
När hon föll kunde hon se sig omkring
Zuerst versuchte sie herauszufinden, wohin sie ging
Först försökte hon ta reda på vart hon var på väg
aber der Brunnen war zu dunkel, um etwas zu sehen
Men brunnen var för mörk för att man skulle kunna se något
Dann blickte sie auf die Seiten des Brunnens
Sedan tittade hon på brunnens sidor
Und sie bemerkte, dass überall um sie herum Schränke standen
Och hon lade märke till att det fanns skåp runt omkring henne
und rings um den Brunnen waren Bücherregale
Och runt omkring brunnen fanns bokhyllor
Hier und da sah sie Karten und Bilder, die an Pflöcken hingen
Här och där såg hon kartor och bilder upphängda på nypor
Im Vorbeigehen nahm sie ein Glas aus einem der Regale
Hon tog ner en burk från en av hyllorna när hon gick förbi
Das Glas wurde für seinen Inhalt gekennzeichnet
Burken var märkt för sitt innehåll
"MARMELADE AUS ORANGEN"
"MARMELAD GJORD PÅ APELSINER"
Aber zu ihrer großen Enttäuschung war das Marmeladenglas leer
Men till hennes stora besvikelse var marmeladburken tom
Sie wollte das leere Marmeladenglas nicht fallen lassen

Hon ville inte tappa den tomma marmeladburken
und ihr Fall war sehr langsam
och hennes fall gick mycket långsamt
**So schaffte sie es, das Marmeladenglas in einen der
Schränke zu stellen**
Så hon lyckades ställa in marmeladburken i ett av skåpen
Nieder, hinunter, hinunter fiel sie!
Ner, ner, ner faller hon!
Würde der Fall jemals ein Ende haben?
Skulle hösten någonsin ta slut?
Es gab nichts anderes zu tun
Det fanns inget annat att göra
so fing Alice bald an, mit sich selbst zu reden
så Alice började snart prata med sig själv
**»Dinah wird mich heute abend sehr vermissen, sollte ich
meinen!«**
"Dina kommer att sakna mig väldigt mycket i kväll, kan jag
tro!"
Dinah war Alices Katze
Dinah var Alices katt
**»Ich hoffe, sie werden sich an ihre Untertasse mit Milch zur
Teezeit erinnern.«**
"Jag hoppas att de kommer ihåg hennes fat med mjölk när det
är dags för te"
**»Dinah, meine Liebe, ich wünschte, du wärst hier unten bei
mir!«**
"Dinah, min kära, jag önskar att du var här nere med mig!"
Alice fühlte, als würde sie einschlafen
Alice kände att hon slumrade till
Und dann plötzlich, dumpf! Bums!
Och så plötsligt, duns! dunka!
Sie fiel auf einen Haufen Stöcke
Hon föll ner på en hög med pinnar
und sie landete auf einem Haufen trockener Blätter
och hon landade på en hög med torra löv
Und endlich war der lange Sturz in das Loch vorbei
Och till slut var det långa fallet ner i hålet över

Alice war kein bisschen verletzt

Alice var inte ett dugg skadad

und sie sprang in einem Augenblick auf

Och hon hoppade upp inom ett ögonblick

Sie blickte auf, aber es war alles dunkel über ihr

Hon tittade upp, men det var alldeles mörkt ovanför henne

Vor ihr lag ein weiterer langer Korridor

Framför henne fanns en annan lång korridor

und das weiße Kaninchen war noch in Sicht

och den vita kaninen var fortfarande i sikte

Er eilte den Korridor hinunter

Han skyndade sig genom korridoren

Es war kein Augenblick zu verlieren

Det fanns inte ett ögonblick att förlora

davonlief Alice wie der Wind

Alice sprang iväg som vinden

um die Ecke drehte sich das Kaninchen

runt hörnet vände kaninen

Sie kam gerade noch rechtzeitig, um das Kaninchen zu hören

Hon hann precis i tid för att höra kaninen

"Oh, meine Ohren und Schnurrhaare"

"Åh, mina öron och polisonger"

"Wie spät es wird!"

"Vad sent det blir!"

Sie war dicht hinter dem Kaninchen

Hon var tätt bakom kaninen

Sie bog um eine weitere Ecke

Hon svängde runt ett hörn

aber das Kaninchen war nicht mehr zu sehen

men Kaninen syntes inte längre till

Sie befand sich in einer langen, niedrigen Halle

Hon befann sig i en lång, låg hall

Der Saal wurde von einer Reihe von Deckenlampen erleuchtet

Salen lystes upp av en rad taklampor

Überall im Saal gab es Türen

Det fanns dörrar runt om i korridoren
aber alle Türen waren verschlossen
men alla dörrar var låsta
**Sie ging den ganzen Weg an der einen Seite des Flurs
hinunter**
Hon gick hela vägen ner på ena sidan av korridoren
**Und sie war den ganzen Weg auf der anderen Seite des Flurs
hinaufgegegangen**
Och hon hade gått hela vägen upp på andra sidan korridoren
Sie hatte jede Tür ausprobiert
Hon hade provat varje dörr
Und sie ging traurig in der Mitte des Saales entlang
Och hon gick sorgset mitt i korridoren
"Wie komme ich da mal wieder raus?"
"hur ska jag någonsin kunna ta mig ut igen?"

Plötzlich stieß sie auf einen kleinen Tisch
Plötsligt kom hon fram till ett litet bord
Der Tisch wurde komplett aus massivem Glas gefertigt
Bordet var helt och hållet tillverkat av massivt glas
Auf dem Tisch lag nichts als ein winziger goldener

Schlüssel

Det fanns inget annat på bordet än en liten gyllene nyckel

Der Schlüssel könnte zu einer der Türen gehören!

Nyckeln kan tillhöra en av dörrarna!

Aber ach! Einige der Schlösser waren zu groß für die Schlüssel

Men, tyvärr! En del av låsen var för stora för nycklarna

und für die anderen Schlösser war der Schlüssel zu klein

Och till de andra låsen var nyckeln för liten

aber auf jeden Fall öffnete der Schlüssel keine der Türen

Men nyckeln öppnade i alla fall ingen av dörrarna

Aber was sollte sie tun?

Men vad skulle hon göra?

Sie ging wieder durch den Saal

Hon gick genom hallen igen

Und diesmal bemerkte sie einen niedrigen Vorhang

Och den här gången lade hon märke till en låg gardin

Hinter dem Vorhang war eine kleine Tür

Bakom gardinen fanns en liten dörr

Die Tür war etwa fünfzehn Zoll hoch

Dörren var omkring femton tum hög

Sie probierte den kleinen goldenen Schlüssel im Schloss aus

Hon provade den lilla guldnyckeln i låset

Und zu ihrer großen Freude passte der Schlüssel ins Schloss!

Och till hennes stora glädje passade nyckeln i låset!

Alice öffnete die Tür

Alice öppnade dörren

und sie fand, daß die Tür in einen kleinen Korridor führte

Och hon fann att dörren ledde in i en liten korridor

Der Korridor war nicht viel größer als ein Rattenloch

Korridoren var inte mycket större än ett råtthål

Sie kniete nieder und blickte den Korridor entlang

Hon gick ner på knä och såg sig omkring i korridoren

Und sie sah den schönsten Garten, den du je gesehen hast

Och hon såg den vackraste trädgård du någonsin sett

wie sehr sie sich danach sehnte, aus dieser dunklen Halle herauszukommen

Vad hon längtade efter att få komma ut ur den mörka salen
wie sie sich wünschte, zwischen diesen leuchtenden Blumen zu wandern
hur hon ville vandra bland de ljusa blommorna
Wie cool die Erfrischung dieser Brunnen aussah
hur svala, uppfriskande de där fontänerna såg ut
aber sie konnte nicht einmal ihren Kopf durch die Tür stecken
Men hon kunde inte ens få in huvudet genom dörröppningen
»Oh,« sagte Alice traurig
»Åh», sade Alice sorgset
»wie sehr wünschte ich, ich könnte mich zusammenfalten wie ein Fernrohr!«
"vad jag önskar att jag kunde fälla ihop som ett teleskop!"
"Ich glaube, ich könnte mich zusammenfalten wie ein Teleskop"
"Jag tror att jag skulle kunna vika ihop mig som ett teleskop"
"Wenn ich nur wüsste, wie ich anfangen sollte"
"om jag bara visste hur jag skulle börja"
Alice ging zurück an den Tisch
Alice gick tillbaka till bordet
Es bestand die Möglichkeit, einen weiteren Schlüssel zu finden
Det fanns en chans att hitta en annan nyckel
Oder es gibt ein Buch mit Regeln
eller så kan det finnas en bok med regler
Das Buch könnte ihr sagen, wie man sich wie ein Teleskop zusammenfaltet
Boken kunde tala om för henne hur hon skulle fälla ihop sig som ett teleskop
Diesmal fand sie ein Fläschchen
Den här gången hittade hon en liten flaska
"Diese Flasche war gewiß vorher nicht hier," sagte Alice
"Den här flaskan har verkligen inte funnits här förut", sa Alice
Und um den Flaschenhals war ein Papieretikett gebunden
Och runt flaskans hals hängde en pappersetikett
Das Etikett war wunderschön in großen Buchstaben

gedruckt

Etiketten var vackert tryckt med stora bokstäver

"TRINK MICH"

"DRICK MIG"

»Nein, ich werde erst nachsehen«, sagte sie

"Nej, jag ska titta först", sa hon

"Ich werde sehen, ob die Flasche als giftig gekennzeichnet ist oder nicht."

"Jag ska se om flaskan är märkt som giftig eller inte"

weil sie die Lektion über das Gift nie vergessen hat

För hon glömde aldrig läxan om gift

"Wenn eine Flasche als giftig gekennzeichnet ist, wird sie Ihnen bestimmt nicht zustimmen"

"Om en flaska är märkt som giftig kommer den garanterat inte att hålla med dig"

Diese Flasche war jedoch nicht als giftig gekennzeichnet

Denna flaska var dock inte märkt som giftig

so wagte Alice es, den Inhalt der Flasche zu kosten

så Alice vågade sig på att smaka på innehållet i flaskan

Sie fand die Flüssigkeit ganz nach ihrem Geschmack

Hon tyckte att vätskan var helt i hennes smak

Das Getränk hatte einen gemischten Geschmack

Drycken hade en slags blandad smak

Kirschkuchen, Vanillepudding und Ananas

Körsbärstårta, vaniljsås och ananas

Gebratener Truthahn, Toffee und Toast mit heißer Butter

Stek kalkon, kola och rosta med varmt smör

und bald trank sie die Flasche aus

Och hon drack snart upp flaskan

"Was für ein merkwürdiges Gefühl!" sagte Alice

"Vilken märklig känsla!" sa Alice

"Ich klappe mich zusammen wie ein Teleskop!"

"Jag viker ihop mig som ett teleskop!"

Und sie faltete sich tatsächlich zusammen wie ein Teleskop!

Och hon vek ihop sig som ett teleskop faktiskt!

Sie war jetzt nur noch zehn Zentimeter groß

Hon var nu bara tio centimeter hög

und ihr Gesicht erhellte sich bei ihren Gedanken
och hennes ansikte lyste upp vid hennes tankar
Jetzt hatte sie die richtige Größe für das Türchen
Nu hade hon rätt storlek för den lilla dörren
Jetzt konnte sie in diesen schönen Garten gehen
Nu kunde hon gå ut i den vackra trädgården
Bald hörte sie auf, kleiner zu werden
Snart slutade hon att bli mindre
Sie beschloß, sofort in den Garten zu gehen
Hon bestämde sig för att genast gå ut i trädgården
aber wehe der armen Alice!
men, ack för stackars Alice!
Sie kam zur Tür
Hon kom fram till dörren
Aber sie hatte den kleinen goldenen Schlüssel vergessen
Men hon hade glömt den lilla gyllene nyckeln
Sie ging zurück zum Tisch, um den Schlüssel zu holen
Hon gick tillbaka till bordet för att hämta nyckeln
aber sie merkte, daß sie nicht hoch genug greifen konnte
Men hon upptäckte att hon inte kunde nå tillräckligt högt
Sie konnte den Schlüssel ganz deutlich durch das Glas sehen
Hon kunde se nyckeln helt klart genom glaset
Sie versuchte, die Beine des Tisches hinaufzuklettern
Hon försökte klättra upp på bordsbenen
Aber das Glas war viel zu rutschig
Men glaset var alldeles för halt
Irgendwann erschöpfte sie sich mit dem Versuch
Till slut tröttade hon ut sig själv med att försöka
Und das arme kleine Mädchen setzte sich hin und weinte
Och den stackars lilla flickan satte sig ner och grät
Alice sprach ziemlich scharf mit sich selbst
Alice talade ganska skarpt till sig själv
"Komm, es hat keinen Zweck, so zu weinen!"
"Kom, det är ingen idé att gråta så där!"
"Ich rate dir, gleich aufzuhören!"
"Jag råder dig att sluta nu!"

Sie gab sich im Allgemeinen sehr gute Ratschläge
Hon gav i allmänhet sig själv mycket goda råd
obwohl sie nur sehr selten ihren eigenen Rat befolgte
även om hon mycket sällan följde sina egna råd
und sie war manchmal zu streng mit sich selbst
Och ibland var hon för hård mot sig själv
und ihre Worte trieben ihr Tränen in die Augen
Och hennes ord fick henne att få tårar i ögonen
Bald fiel ihr Blick auf einen kleinen Glaskasten
Snart föll hennes blick på en liten glaslåda
Der kleine Glaskasten lag unter dem Tisch
Den lilla glaslådan låg under bordet
In dem Glaskasten befand sich ein sehr kleiner Kuchen
I glaslådan låg en mycket liten tårta
Auf dem Kuchen waren einige Worte schön geschrieben
På tårtan var några ord vackert skrivna
die Worte waren in Johannisbeeren markiert worden
Orden hade markerats med vinbär
"MICH ESSEN"
"ÄT MIG"
"Nun, ich werde den Kuchen essen," sagte Alice
"Nåja, jag äter kakan", sa Alice
**"Und wenn mich der Kuchen größer werden lässt, kann ich
den Schlüssel erreichen"**
"och om kakan får mig att bli större, kan jag nå nyckeln"
**"Und wenn mich der Kuchen kleiner werden lässt, kann ich
unter die Tür kriechen"**
"och om kakan får mig att bli mindre kan jag krypa in under
dörren"
"Also so oder so komme ich in den Garten"
"så hur som helst kommer jag in i trädgården"
"Und es ist mir egal, was von beidem passiert!"
"och jag bryr mig inte om vilket av de två som händer!"
Sie aß ein wenig von dem Kuchen
Hon åt en liten bit av kakan
und sie sprach ängstlich zu sich selbst:
Och hon talade ängsligt till sig själv:

"In welche Richtung? In welche Richtung?"
"Åt vilket håll? Åt vilket håll?"
und sie hielt die Hand auf den Kopf
Och hon höll handen på huvudet
Sie wollte spüren, in welche Richtung sie wuchs
Hon ville känna åt vilket håll hon växte
Sie war ganz überrascht, als sie erfuhr, was geschehen war
Hon blev ganska förvånad när hon fick reda på vad som hade hänt
Sie war gleich groß geblieben!
Hon hade förblivit lika stor!
Also verdoppelte sie dieses Mal ihre Bemühungen
Så den här gången fördubblade hon sina ansträngningar
Und bald war der ganze Kuchen fertig
Och snart hade hon ätit upp hela tårtan

Der Pool der Tränen
Tårarnas pöl

"Das wird immer interessanter!" rief Alice

"Det här blir mer och mer intressant!" utbrast Alice

Man kann sehen, dass sie sehr überrascht war

Du kan se att hon blev mycket förvånad

"Ich öffne mich wie das größte Teleskop, das es je gab!"

"Jag öppnar upp som det största teleskop som någonsin funnits!"

»Auf Wiedersehen, Füße! Oh, meine armen kleinen Füße"

»Farväl, fötter! O, mina stackars små fötter"

"Ich frage mich, wer euch jetzt die Schuhe anziehen wird, meine Lieben?"

"Jag undrar vem som ska ta på sig skorna åt dig nu, mina kära?"

»und ich frage mich, wer Ihre Strümpfe anziehen wird?«

"Och jag undrar vem som ska sätta på dig strumporna?"

"Ich werde viel zu weit weg sein"

"Jag kommer att vara alldeles för långt borta"

"Ich werde mich nicht mehr um dich kümmern können"

"Jag kommer inte att kunna bekymra mig om dig längre"

In diesem Augenblick schlug ihr Kopf gegen etwas

Just i detta ögonblick slog hennes huvud mot något

Sie hatte das Dach des Saales erreicht

Hon hade nått upp till taket på salen

Tatsächlich war sie jetzt mehr als zwei Meter groß

I själva verket var hon nu mer än två meter lång

und sie ergriff sogleich den kleinen goldenen Schlüssel

Och hon tog genast upp den lilla gyllene nyckeln

und sie eilte zur Gartentür

Och hon skyndade bort till trädgårdsdörren

Arme Alice! Es gab nicht viel, was sie tun konnte

Stackars Alice! Det var inte mycket hon kunde göra

Sie legte sich auf die Seite

Hon lade sig på ena sidan

Und sie blickte mit einem Auge in den Garten hinein

Och hon såg ut i trädgården med ena ögat

Aber durchzukommen war hoffnungsloser denn je
Men att ta sig igenom var mer hopplöst än någonsin
Sie setzte sich und fing wieder an zu weinen
Hon satte sig ner och började gråta igen
Sie fuhr fort, literweise Tränen zu vergießen
Hon fortsatte att fälla litervis med tårar
Bald war ein großer Pool um sie herum
Snart fanns det en stor pöl runt omkring henne
und das Wasser reichte bis zur Hälfte des Flurs
och vattnet nådde halvvägs genom korridoren
Nach einer Weile hörte sie ein leises Getrappel von Füßen
Efter en stund hörde hon ett litet trampande av fötter
Sie hörte die Füße aus der Ferne kommen
Hon hörde fötterna komma på avstånd
Und sie trocknete sich hastig die Augen, um zu sehen, was kommen würde
Och hon torkade hastigt sina ögon för att se vad som skulle komma
Es war das weiße Kaninchen, das zurückkehrte
Det var den vita kaninen som återvände
Er war prächtig gekleidet
Han var praktfullt klädd
Er hatte ein Paar weiße Handschuhe in der einen Hand
Han hade ett par vita handskar i ena handen
Und in der anderen Hand hatte er einen großen Federfächer
och han hade en stor fjädersolfjäder i den andra handen
Er kam in großer Eile dahergetrabt
Han kom travande med stor brådska
und er murmelte vor sich hin: »Ach! die Herzogin, die Herzogin!«
och han mumlade för sig själv: "Åh! hertiginnan, hertiginnan!"
»Ach! wird sie nicht wild sein, wenn ich sie habe warten lassen?«
"Åh! skulle hon inte vara vild, om jag har låtit henne vänta!»

Als das Kaninchen in ihre Nähe kam, sprach Alice

När kaninen kom nära henne talade Alice

aber sie sprach mit leiser, schüchterner Stimme

Men hon talade med låg, skygg röst

"Sir, bitte hören Sie für einen Moment auf, was Sie tun"

"Sir, snälla sluta med det du håller på med för ett ögonblick"

Das Kaninchen erschrak heftig

Kaninen ryckte till våldsamt

Er ließ die weißen Handschuhe und den Federfächer fallen

Han tappade de vita handskarna och fjäderfläkten

und er eilte fort in die Dunkelheit, so schnell er konnte

Och han skyndade bort in i mörkret så fort han kunde

Alice hob den Federfächer und die Handschuhe auf

Alice plockade upp fjäderfläkten och handskarna

Und sie fächelte sich immer wieder Luft zu, während sie sprach

Och hon fläktade sig medan hon fortsatte att prata

»Liebes, liebes Kind! Wie seltsam ist das alles heute!"

"Kära, kära! Så konstigt allt är idag!"

"Gestern ging es weiter wie bisher"

"Igår rullade det på precis som vanligt"
"War ich heute Morgen noch so, als ich aufgestanden bin?"
"Var jag likadan när jag steg upp i morse?"
"Aber wenn ich nicht mehr derselbe bin, dann ist das eine andere Frage"
"Men om jag inte är densamma är det en annan fråga"
"Wer in aller Welt bin ich?"
"Vem i hela världen är jag?"
"Ah, das ist das große Rätsel!"
"Ah, det är det stora pusslet!"
Während sie das sagte, blickte sie auf ihre Hände hinunter
När hon sade detta, såg hon ned på sina händer
Sie trug einen der kleinen weißen Handschuhe des Kaninchens
Hon hade på sig en av kaninens små vita handskar
Sie hatte nicht bemerkt, dass sie den Handschuh angezogen hatte, während sie sprach
Hon hade inte märkt att hon tog på sig handsken medan hon pratade
"Wie konnte ich das machen?" dachte sie
"Hur kan jag ha gjort det?" tänkte hon
"Ich muss wieder klein werden"
"Jag måste bli liten igen"
Sie stand auf und ging zum Tisch, um ihre Größe zu messen
Hon reste sig och gick fram till bordet för att mäta sin längd
Sie stellte fest, dass sie jetzt etwa einen halben Meter groß war
Hon fann att hon nu var ungefär en halv meter lång
und sie schrumpfte immer noch schnell
Och hon krympte fortfarande snabbt
Bald fand sie heraus, was die Ursache für das Schrumpfen war
Hon fick snart reda på vad orsaken till krympningen var
Der Federfächer machte sie wieder kleiner!
Fjäderfläkten gjorde henne mindre igen!
Und sie ließ hastig den Federfächer fallen
Och hon tappade fjädersolfjädern hastigt

Sie ließ den Federfächer gerade noch rechtzeitig fallen, um sich zu retten

Hon tappade fjäderfläkten precis i tid för att rädda sig själv

Hätte sie sich noch länger Luft zugefächelt, wäre sie völlig zusammengeschrumpft

Hade hon fläktat sig längre hade hon helt och hållet dragit sig undan

»Das war ein knappes Entkommen!« sagte Alice

"Det var med nöd och näppe som kom undan!" sa Alice

und sie erschrak sehr über die plötzliche Veränderung

Och hon blev en hel del skrämd av den plötsliga förändringen

aber sie war sehr froh, daß sie noch da war

Men hon var mycket glad över att finna sig själv fortfarande i livet

"Und jetzt ab in den Garten!"

"Och nu bär det av till trädgården!"

Und sie lief mit aller Geschwindigkeit zurück zu der kleinen Tür

Och hon sprang med full fart tillbaka till den lilla dörren

Aber ach! Das Türchen wurde wieder geschlossen

Men, tyvärr! Den lilla dörren stängdes igen

Und das goldene Schlüsselchen lag wieder auf dem Glastisch

Och den lilla guldnyckeln låg åter på glasbordet

"Es ist schlimmer als je!" dachte das arme Kind

"Det är värre än någonsin", tänkte det stackars barnet

"So klein war ich noch nie, niemals!"

"Jag har aldrig varit så här liten förut, aldrig!"

Bei diesen Worten rutschte ihr Fuß aus

När hon sade dessa ord, halkade hennes fot

Und im nächsten Augenblick gab es ein großes Plätschern!

Och i ett annat ögonblick hördes ett stort plask!

Sie stand bis zum Kinn im Salzwasser

Hon var upp till hakan i saltvatten

Ihre erste Idee war, dass sie irgendwie ins Meer gefallen war

Hennes första tanke var att hon på något sätt hade fallit i havet

Sie erkannte jedoch bald, worin sie sich befand

Men hon insåg snart vad hon gav sig in på

Sie war in einer Tränenlache

Hon låg i en pöl av tårar

die Tränen, die sie geweint hatte, als sie zwei Meter groß war

Tårarna hon hade gråtit när hon var två meter lång

In diesem Augenblick hörte sie etwas

Just då hörde hon något

Etwas plätscherte im Pool herum

Något plaskade omkring i poolen

Das Plätschern kam aus einiger Entfernung

Plaskandet kom en bit bort

und sie schwamm näher, um zu sehen, was das Plätschern war

Och hon simmade närmare för att se vad det var för plaskande

Bald sah sie, dass es nur eine kleine Maus war

Hon såg snart att det bara var en liten mus
Auch die kleine Maus war ins Wasser geschlüpft
Den lilla musen hade också halkat i vattnet
Alice dachte bei sich über die Situation nach
Alice tänkte för sig själv över situationen
"Würde es etwas nützen, mit dieser Maus zu sprechen?"
"Skulle det tjäna något till att tala med den här musen?"
"Hier unten steht alles auf dem Kopf"
"Allt är så upp och ner här nere"
"Ich denke, es ist sehr wahrscheinlich, dass diese Maus sprechen kann."
"Jag skulle tro att det är mycket troligt att den här musen kan prata"
"Es schadet jedenfalls nicht, es zu versuchen"
"Det skadar i alla fall inte att försöka"
Also begann sie zu versuchen, mit der Maus zu sprechen
Så hon började försöka prata med musen
"Oh Maus, kennst du den Weg aus diesem Pool?"
"Åh mus, vet du vägen ut ur den här poolen?"
"Ich bin es leid, hier herumzuschwimmen, oh Maus!"
"Jag är väldigt trött på att simma omkring här, Åh mus!"
Die Maus schaute sie ziemlich neugierig an
Musen tittade frågande på henne
Die Maus schien mit einem ihrer kleinen Augen zu blinzeln
Musen tycktes blinka med ett av sina små ögon
Aber die kleine Maus sagte nichts
Men den lilla musen sa ingenting
"Vielleicht versteht die Maus kein Englisch!" dachte Alice
"Musen kanske inte förstår engelska", tänkte Alice
"Ich wage zu behaupten, es ist eine französische Maus"
"Jag vågar påstå att det är en fransk mus"
"Vielleicht kam diese Maus mit Wilhelm dem Eroberer herüber"
"kanske kom den här musen över med Vilhelm Erövraren"
Also fing sie wieder an, auf Französisch
Så började hon igen, på franska
"Wo ist meine Katze?", fragte sie auf Französisch

"Var är min katt?" frågade hon på franska
es war der erste Satz in ihrem französischen Unterrichtsbuch
det var den första meningen i hennes franska lektionsbok
Die Maus machte einen plötzlichen Sprung aus dem Wasser
Musen gjorde ett plötsligt språng upp ur vattnet
Und die Maus schien am ganzen Leibe vor Schreck zu zittern
och musen tycktes darra i hela kroppen av skräck
"Oh, ich bitte um Verzeihung!" rief Alice hastig
»Åh, jag ber om ursäkt!» utbrast Alice hastigt
Sie fürchtete, sie habe die Gefühle des armen Tieres verletzt
Hon var rädd att hon hade sårat det stackars djurets känslor
"Ich habe ganz vergessen, dass du keine Katzen magst"
"Jag glömde helt bort att du inte gillade katter"
"Ich mag keine Katzen!" rief die Maus mit schriller, leidenschaftlicher Stimme
"Jag tycker inte om katter!" skrek musen med gäll, lidelsefull röst
"Hättest du gerne Katzen, wenn du ich wärst?"
"Skulle du vilja ha katter, om du var jag?"
Alice tröstete die Maus in einem beruhigenden Ton
Alice tröstade musen i en lugnande ton
"Naja, vielleicht würde ich an deiner Stelle auch keine Katzen mögen"
"Nja, jag kanske inte skulle tycka om katter om jag var du heller"
"Bitte ärgern Sie sich nicht über die Erwähnung von Katzen"
"Snälla, bli inte arg när katter nämns"
"Und doch wünschte ich, ich könnte dir unsere Katze Dina zeigen"
"Och ändå önskar jag att jag kunde visa dig vår katt Dinah"
"Wenn du sie treffen würdest, würdest du wohl Gefallen an Katzen finden"
"om du träffade henne tror jag att du skulle fatta tycke för katter"
"Wenn du sie nur sehen könntest"
"Om du bara kunde se henne"

"Sie ist so ein liebes, stilles Ding"
"Hon är en så kär och tystlåten sak"
Die Maus zitterte am ganzen Körper
Musen skakade i hela kroppen
Alice war sich sicher, dass die Maus wirklich beleidigt sein musste
Alice kände sig säker på att musen verkligen måste ha tagit illa upp
"Wir reden nicht mehr über sie, wenn du lieber nicht willst"
"Vi kommer inte att prata om henne mer, om du inte vill det"
"Wir, allerdings!" rief die Maus
»Ja, vi!» ropade musen
Die Maus zitterte bis zum Ende ihres Schwanzes
Musen darrade ända ner till svansspetsen
»Als ob ich über so ein Thema reden würde!«
"Som om jag skulle vilja tala om ett sådant ämne!"
"Unsere Familie hat Katzen schon immer gehasst"
"Vår familj har alltid hatat katter"
"Katzen; Gemeine, niedrige, gemeine Dinger!"
"katter; otäcka, låga, vulgära saker!"
"Laß mich den Namen nicht noch einmal hören!"
"Låt mig inte höra namnet igen!"
"Katzen will ich ja nicht mehr erwähnen!" sagte Alice
"Jag tänker inte nämna katter igen!" sa Alice
Sie hatte es sehr eilig, das Thema zu wechseln
Hon hade väldigt bråttom att byta ämne
"Bist du... Lieben Sie Hunde?«
"Är du... Är du förtjust i hundar?"
"Es gibt so einen netten kleinen Hund in der Nähe unseres Hauses."
"Det finns en så snäll liten hund i närheten av vårt hus"
"Ich möchte dir den kleinen Hund zeigen!"
"Jag skulle vilja visa dig den lilla hunden!"
"Dieser kleine Hund tötet alle Ratten und...
"Den här lilla hunden dödar alla råttor och...
»O je!« rief Alice in traurigem Tone
»Åh, kära du!» utbrast Alice i sorgsen ton

»Ich fürchte, ich habe dich schon wieder beleidigt!«
"Jag är rädd att jag har förolämpat dig igen!"
Die Maus schwamm so schnell sie konnte von ihr weg
Musen simmade bort från henne så fort den kunde
Und die Maus machte einen ziemlichen Aufruhr im Tümpel
och musen gjorde en hel del uppståndelse i poolen
Da rief sie leise der Maus nach
Så hon ropade mjukt efter musen
"Meine liebe Maus, komm bitte zurück!"
"Min kära mus, snälla kom tillbaka!"
"Und wir werden nicht über Katzen sprechen"
"Och vi ska inte prata om katter"
"Und über Hunde müssen wir auch nicht reden"
"Och vi behöver inte prata om hundar heller"
Als die Maus das hörte, drehte sie sich um
När musen hörde detta vände den sig om
Und die kleine Maus schwamm langsam zu ihr zurück
och den lilla musen simmade sakta tillbaka till henne
Das Gesicht der Maus war ganz blaß
Musens ansikte var ganska blekt
Und die Maus sprach mit leiser, zitternder Stimme
Och musen talade med låg, darrande röst
"Lasst uns ans Ufer gehen"
"Låt oss komma till stranden"
"Und dann erzähle ich dir meine Geschichte"
"och sedan ska jag berätta min historia för dig"
**"Und du wirst verstehen, warum ich Katzen und Hunde
hasse"**
"och du kommer att förstå varför jag hatar katter och hundar"
Es war höchste Zeit zu gehen
Det hade blivit hög tid att ge sig av
weil der Pool ziemlich voll wurde
eftersom poolen började bli ganska trångt
Andere Vögel und Tiere waren in den Pool gefallen
Andra fåglar och djur hade fallit i dammen
es gab eine Ente und einen Dodo
det fanns en anka och en dront

und da waren ein Lory-Vogel und ein Adler
och där var en Lory bird och en Eaglet
und es gab noch einige andere interessant aussehende
Kreaturen
Och det fanns flera andra intressanta varelser
Alice führte den Weg aus dem Pool
Alice visade vägen ut ur poolen
und die ganze Gesellschaft der Tiere schwamm ans Ufer
Och hela sällskapet av djur simmade till stranden

Ein Caucus-Rennen und ein langer Schwanz
En caucus race och en lång svans
Es waren in der Tat ein lustig aussehender Haufen Tiere
De var verkligen ett lustigt gäng djur
und sie versammelten sich alle am Ufer des Wassers
Och de församlade sig alla på stranden,
die Vögel hatten alle zerzauste Federn
Fåglarna hade alla slitna fjädrar
und die pelzigen Tiere waren durchnässt
och de lurviga djuren var genomblöta
und alle waren triefend nass, genervt und unwohl
och alla var drypande våta, irriterade och obekväma

Es gab eine Frage, die zuerst beantwortet werden musste
Det fanns en fråga som måste besvaras först
Was ist der beste Weg für alle, um trocken zu werden?
Vilket är det bästa sättet för alla att bli torra?
Sie hatten eine Konsultation zu diesem Thema
De hade ett samråd om denna fråga
Bald waren sie alle auf vertrautem Einvernehmen

Snart var de alla på förtrolig fot
Es war, als ob sie sie ihr ganzes Leben lang gekannt hätte
Det var som om hon hade känt dem i hela sitt liv
Die Maus schien eine Person mit einer gewissen Autorität zu sein
Musen verkade vara en person med någon auktoritet
"Setzt euch, ihr alle, und hört mir zu!
"Sätt er ner, allesammans, och lyssna på mig!
"Ich werde euch bald wieder alle trocken machen!"
"Jag ska snart torka er igen!"
Sie setzten sich alle auf einmal in einem großen Ring nieder
De satte sig alla ner på en gång, i en stor ring
Und die kleine Maus saß in der Mitte
och den lilla musen satt i mitten
"Ähm!" sagte die Maus mit einer wichtigen Miene
"Hm!" sa musen med en viktig min
"Seid ihr bereit?"
"Är ni redo?"
"Das ist das Trockenste, was ich kenne"
"Det här är det torraste jag vet"
»Schweigen Sie ringsum, wenn Sie wollen!«
"Tystnad runt omkring, om ni vill!"
"Wilhelm der Eroberer wurde vom Papst begünstigt"
"Vilhelm Erövraren gynnades av påven"
"aber er wurde bald von den Engländern unterworfen"
"men engelsmännen underkastade sig honom snart"
"Sie wollten in letzter Zeit Führer"
"De ville ha ledare på sistone"
"Und sie waren an Macht und Eroberung gewöhnt"
"Och de hade vant sig vid makt och erövring"
"Edwin und Morcar, die Grafen von Mercia und Northumbria"
"Edwin och Morcar, earlerna av Mercia och Northumbria"
»Pfui!« sagte der Lori-Vogel mit einem Schauer
»Usch!» sade lorifågeln med en rysning
"und sogar Stigand, der patriotische Erzbischof von Canterbury"

"och till och med Stigand, den patriotiske ärkebiskopen av
Canterbury"
"Er fand es auch ratsam"
"Han tyckte också att det var tillrådligt"
"Was hielt er für ratsam?" fragte die Ente
»Vad tyckte han var rådligt?» sade ankan
"Er fand es ratsam", antwortete die Maus ziemlich verärgert
"Han tyckte att det var rådligt", svarade musen lite tvärt.
aber die Ente war nicht zufrieden
Men ankan var inte nöjd
"Natürlich weißt du, was 'es' bedeutet"
"Självklart vet du vad 'det' betyder"
"Ich weiß, was es ist, wenn ich etwas finde," sagte die Ente
"Jag vet vad det är när jag hittar något", sa ankan
"Es ist in der Regel ein Frosch oder ein Wurm"
"Det är i allmänhet en groda eller en mask"
"Die Frage ist, was hat der Erzbischof gefunden?"
"Frågan är vad ärkebiskopen hittade?"
Die Maus bemerkte diese Frage nicht
Musen märkte inte denna fråga
Stattdessen fuhr die Maus hastig mit der Rede fort
I stället fortsatte musen hastigt med talet
"Er fand es ratsam, mit Edgar Atheling zu gehen"
"han fann det rådligt att följa med Edgar Atheling"
"um William zu treffen und ihm die Krone anzubieten"
"för att möta Vilhelm och erbjuda honom kronan"
fuhr die Maus fort und wandte sich dabei an Alice
fortsatte musen och vände sig mot Alice medan den talade
»Wie geht es dir jetzt, meine Liebe?«
"Hur står det till nu, min kära?"
»So naß wie immer,« sagte Alice in melancholischem Tone
"Lika våt som alltid", sa Alice i melankolisk ton
**"Diese Geschichte scheint mich überhaupt nicht
auszutrocknen"**
"Den här historien verkar inte torka mig alls"
»In diesem Falle,« sagte der Dodo feierlich und erhob sich
»I så fall», sade dronten högtidligt och reste sig

"Ich stimme dafür, dass die Sitzung vertagt wird"
"Jag röstar för att sammanträdet ajourneras"
"und ich schlage vor, sofort energischere Heilmittel zu
ergreifen"
"och jag föreslår ett omedelbart antagande av mer energetiska
botemedel"
"Sprich wahre Worte!" sagte der Adler
»Tala med riktiga ord!» sade örnen
"Ich weiß nicht, was die Hälfte dieser langen Worte
bedeutet"
"Jag vet inte vad hälften av de där långa orden betyder"
»und außerdem glaube ich nicht, daß Sie es wissen!«
"Och vad mera är, jag tror inte att du vet det heller!"
»Was ich sagen wollte«, sagte der Dodo in beleidigtem Ton
»Vad jag tänkte säga», sade dronten i förnärmad ton
"Das Beste, was uns trocken kriegt, wäre ein Caucus-
Rennen"
"Det bästa sättet att få oss torra skulle vara ett caucus-race"
»Was ist ein Caucus-Rennen?« fragte Alice
»Vad är ett caucus-race?» sade Alice

"Nun", sagte der Dodo, "der beste Weg, es zu erklären, ist, es zu tun."

"Nåväl", sa dronten, "det bästa sättet att förklara det är att göra det"

"Zuerst steckte der Dodo eine Rennbahn ab"

"Först stakade dronten ut en kapplöpningsbana"

"Die Strecke verlief in einer Art Kreis"

"Banan gick i en slags cirkel"

"Und dann wurde die ganze Gesellschaft entlang der Strecke platziert"

"Och sedan placerades hela sällskapet längs banan"

Es gab kein "Eins, zwei, drei und weg!"

Det fanns inget "Ett, två, tre och iväg!"

aber sie fingen an zu rennen, wann sie wollten

Men de började springa när de ville

Und sie beendeten auch, wenn sie wollten

Och de gick också i mål när de ville

Es war also nicht einfach zu wissen, wann das Rennen vorbei war

Så det var inte lätt att veta när loppet var över

Nach etwa einer halben Stunde Laufen waren sie alle ziemlich trocken

Efter en halvtimmes löpning var de alla ganska torra

der Dodo rief plötzlich: "Das Rennen ist vorbei!"

dronten ropade plötsligt: "Loppet är över!"

Und sie drängten sich alle um den Dodo

Och de trängdes alla runt dronten

Alle Tiere hechelten und schnauften

Alla djuren flämtade och pustade

und sie alle wollten wissen: "Aber wer hat gewonnen?"

Och de ville alla veta: "Men vem har vunnit?"

Diese Frage konnte der Dodo nicht sofort beantworten

Denna fråga kunde dronten inte omedelbart besvara

Zuerst musste er sehr viel nachdenken

Till att börja med var han tvungen att tänka en hel del

Nach langem Nachdenken sprach der Dodo schließlich

Efter mycket funderande tog dronten till slut till orda
"Jeder hat gewonnen, und jeder muss Preise haben"
"Alla har vunnit, och alla måste ha priser"
»Aber wer soll die Preise geben?« fragte ein Chor von Stimmen
"Men vem är det som ska dela ut priserna?" frågade en kör av röster
"Nun, sie natürlich", sagte der Dodo
»Ja, ja, hon förstås», sade dronten
und der Dodo deutete mit einem Finger auf Alice
och dronten pekade med ett finger på Alice
und die ganze Gesellschaft von Tieren drängte sich um sie
och hela skaran av djur skockade sig omkring henne
sie riefen verwirrt: »Preise! Preise!"
De ropade på ett förvirrat sätt: "Priser! Priser!"
Alice hatte keine Ahnung, was sie tun sollte
Alice hade ingen aning om vad hon skulle göra
Verzweifelt steckte sie die Hand in die Tasche
I förtvivlan stack hon handen i fickan
Und sie zog eine Schachtel mit Süßigkeiten hervor
och hon tog fram en ask med godis
Glücklicherweise war das Salzwasser nicht in den Kasten gelangt
Som tur var hade inte saltvattnet kommit in i lådan
Und sie reichte die Süßigkeiten als Preise herum
Och hon räckte fram godiset som priser
Es gab genau ein Stück für jeden
Det fanns exakt ett stycke för alla
Das nächste, was sie tun mussten, war, die Süßigkeiten zu essen
Nästa sak de var tvungna att göra var att äta godiset
Dies verursachte einige Geräusche und Verwirrung
Detta orsakade en del oväsen och förvirring
Die großen Vögel klagten, dass sie ihre Süßigkeiten nicht schmecken konnten
De stora fåglarna klagade över att de inte kunde smaka på deras sötsaker

**Die Kleinen verschluckten sich und mussten auf den
Rücken geklopft werden**

De små kvävdes och fick klappas på ryggen

Doch dann war es endlich vorbei

Men till slut var det över

Und sie setzten sich wieder in einem Ring nieder

Och de satte sig åter ned i en ring

Und sie flehten die Maus an, ihnen noch etwas zu erzählen

och de bad musen att berätta något mer för dem

**»Du hast versprochen, mir deine Geschichte zu erzählen,
weißt du,« sagte Alice**

"Du lovade att berätta din historia för mig, förstår du", sa Alice

**und sie machte noch eine kleine Bemerkung über Katzen im
Flüsterton**

Och hon fällde en viskande liten kommentar om katter

Sie wollte die Maus nicht noch einmal beleidigen

Hon ville inte förolämpa musen igen

die kleine Maus drehte sich zu Alice um und seufzte

den lilla musen vände sig mot Alice och suckade

"Meine Geschichte ist lang und traurig!"

"Min är en lång och sorglig historia!"

»Es ist gewiß ein langer Schwanz,« sagte Alice

»Det är verkligen en lång svans«, sade Alice

**Und sie blickte verwundert auf den Schwanz der Maus
hinunter**

Och hon tittade förundrat ner på musens svans

"Aber warum nennst du es einen traurigen Schwanz?"

"Men varför kallar du det en sorglig svans?"

Und sie rätselte unaufhörlich, während die Maus sprach

Och hon fortsatte att grubbla över det medan musen talade

**so daß ihre Vorstellung von der Geschichte ungefähr so
aussah**

så att hennes föreställning om sagan var ungefär så här

                    "Fury said to
                      a mouse, That
                        he met in the
                          house, 'Let
                            us both go
                              to law: *I*
                              will prosecute
                              you.—
                            Come, I'll
                          take no denial:
                        We must have
                      the trial;
                    For really
                  this morning
                I've
              nothing
            to do.'
              Said the
                mouse to
                  the cur,
                    'Such a
                      trial, dear
                        sir, With
                          no jury
                            or judge,
                            would
                            be wasting
                          our
                        breath.'
                      'I'll be
                    judge,
                  I'll be
                jury,'
              said
            cunning
              old
                Fury;
                  'I'll
                    try
                      the
                        whole
                          cause,
                          and
                          condemn
                        you to
                  death.'"

Fury sagte zu einer Maus, die er im Haus getroffen hat."

Raseri sade till en mus: "Att han träffades i huset"

Lasst uns beide vor Gericht gehen: Ich werde euch anklagen

Låt oss båda gå till domstol: Jag kommer att åtala dig

Kommen Sie, ich leugne es nicht: Wir müssen den Prozeß haben

Kom, jag skall icke taga någon förnekelse: Vi måste ha rättegången

Denn heute morgen habe ich wirklich nichts zu tun

För den här morgonen har jag verkligen ingenting att göra

Sagte die Maus zum Pfarrer;

Sa musen till curen;
Ein solcher Prozeß, lieber Herr, ohne Geschworene und
Richter, würde uns den Atem rauben
En sådan rättegång, min bäste herre, utan jury eller domare
skulle vara att slösa bort vår andedräkt
»Ich werde Richter sein, ich werde Geschworener sein«,
sagte der schlaue alte Fury
»Jag skall vara domare, jag skall vara jury«, sade den listige
gamle Fury
Ich werde die ganze Sache prüfen und dich zum Tode
verurteilen
Jag ska pröva hela saken och döma dig till döden
die Maus sprach streng zu Alice
musen talade strängt till Alice
"Du passt nicht auf!"
"Du är inte uppmärksam!"
"Woran denkst du?"
"Vad tänker du på?"
»Ich bitte um Verzeihung,« sagte Alice sehr demütig
"Jag ber om ursäkt", sade Alice mycket ödmjukt
»Sie waren in der fünften Kurve angelangt, glaube ich?«
»Du hade kommit till femte kurvan, tror jag?»
"Du beleidigst mich, indem du so einen Unsinn redest!"
"Du förolämpar mig genom att prata sådant nonsens!"
Und die Maus stand auf und ging weg
och musen reste sig och gick iväg
Alice rief der kleinen Maus hinterher
Alice ropade efter den lilla musen
"Bitte komm zurück und beende deine Geschichte!"
"Snälla, kom tillbaka och avsluta din berättelse!"
Und die andern stimmten alle in den Chor ein
Och alla de andra stämde in i kör
"Ja, bitte beenden Sie Ihre Geschichte!"
"Ja, snälla, avsluta din berättelse!"
Aber die Maus schüttelte nur ungeduldig den Kopf
Men musen skakade bara otåligt på huvudet
Und die kleine Maus ging ein wenig schneller

och den lilla musen gick lite fortare
"Ich wünschte, ich hätte Dinah, unsere Katze, hier!" sagte Alice
"Jag önskar att jag hade Dinah, vår katt, här!" sa Alice
Dies erregte in der Partei ein bemerkenswertes Aufsehen
Detta väckte en märklig sensation i partiet
Einige der Vögel eilten sofort davon
Några av fåglarna skyndade genast iväg
und ein Kanarienvogel rief mit zitternder Stimme seinen Kindern zu;
och en kanariefågel ropade med darrande röst till sina barn;
»Kommt fort, meine Lieben!«
"Kom bort, mina kära!"
"Es ist höchste Zeit, dass ihr alle im Bett seid!"
"Det är hög tid att ni alla lägger er i sängen!"
Mit verschiedenen Ausreden gingen sie alle weg
Med olika ursäkter gick de alla sin väg
und Alice war bald allein
och Alice blev snart lämnad ensam
"Ich wünschte, ich hätte Dina nicht erwähnt!"
"Jag önskar att jag inte hade nämnt Dina!"
"Niemand scheint sie hier unten zu mögen"
"Ingen verkar tycka om henne här nere"
"Aber ich bin mir sicher, dass sie die beste Katze von der Welt ist!"
"men jag är säker på att hon är den bästa katten i världen!"
Die arme Alice fing wieder an zu weinen
Stackars Alice började gråta igen
weil sie sich sehr einsam und niedergeschlagen fühlte
för att hon kände sig väldigt ensam och nedstämd
Nach einer Weile aber hörte sie wieder etwas
Men om en liten stund hörde hon åter något
ein leises Getrappel von Schritten in der Ferne
lite smattrande av fotsteg i fjärran
und sie blickte eifrig auf
Och hon såg ivrigt upp

Der Hase schickt den kleinen Mr. Bill herein
Kaninen skickar in lille herr Bill

Es war das weiße Kaninchen, das langsam wieder zurücktrabte
Det var den vita kaninen som långsamt travade tillbaka igen
Er sah sich ängstlich um, während er ging
Han såg sig ängsligt omkring där han gick
Er sah aus, als hätte er etwas verloren
Han såg ut som om han hade förlorat något
Alice hörte, wie er vor sich hin murmelte
Alice hörde honom muttra för sig själv
»Die Herzogin! Die Herzogin! Oh, meine lieben Pfoten!"
"Hertiginnan! Hertiginnan! Åh, mina kära tassar!"
"Oh, mein Fell und meine Schnurrhaare!"
"Åh, min päls och mina polisonger!"
"Sie wird mich hinrichten lassen, da bin ich mir sicher"
"Hon kommer att avrätta mig, det är jag säker på"
"Genauso sicher, wie Frettchen Frettchen sind!"
"Lika säkert som att illrar är illrar!"
"Wo kann ich meine Sachen abgestellt haben, frage ich mich?"
mich?"

"Var kan jag ha lämnat mina saker, undrar jag?"
Alice erriet in einem Augenblick, was er suchte
Alice gissade genast vad han letade efter
Er war auf der Suche nach dem Federfächer
Han letade efter fjäderfläkten
Und er suchte nach dem Paar weißer Handschuhe
Och han letade efter ett par vita handskar
So machte sie sich sehr gutmütig auf die Suche nach den Handschuhen
Så hon började mycket godmodigt leta efter handskarna
Und sie suchte auch nach dem Federfächer
Och hon letade efter fjäderfläkten också
Aber die Handschuhe und der Federfächer waren nirgends zu sehen
Men handskarna och fjäderfläkten syntes inte till någonstans
Alles schien sich verändert zu haben, seit sie im Pool geschwommen war
Allt verkade ha förändrats sedan hon simmade i poolen
Nichts war mehr so, wie es war, seit sie in der Großen Halle gewesen war
Ingenting var sig likt, sedan hon hade varit i den stora salen
und der Glastisch war verschwunden
och glasbordet var försvunnet
Und die kleine Tür war auch nicht da
Och den lilla dörren fanns inte där heller
Sehr bald bemerkte das Kaninchen Alice
Mycket snart lade kaninen märke till Alice
rief er ihr in zornigem Ton zu
ropade han till henne i arg ton
"Mary Ann, was machst du hier draußen?"
"Mary Ann, vad gör du här ute?"
"Lauf in diesem Moment nach Hause"
"Spring hem nu"
"Und hol mir ein Paar Handschuhe und einen Federfächer!"
"Och hämta ett par handskar och en fjäderfläkt!"
"Und beeil dich!"
"Och skynda dig!"

Alice sprach mit sich selbst, als sie davonrannte
Alice talade för sig själv när hon sprang iväg
"Er muss mich für sein Hausmädchen gehalten haben!"
»Han måtte ha misstagit mig för sin husjungfru!«
"Wie überrascht wird er sein, wenn er herausfindet, wer ich bin!"
"Vad förvånad han kommer att bli när han får reda på vem jag är!"
Während sie dies sagte, stieß sie auf ein hübsches Häuschen
När hon sade detta, kom hon till ett prydligt litet hus
An der Tür des Hauses hing eine helle Messingplatte
På dörren till huset satt en blank mässingsplatta
"W. HASE"
"W. KANIN"
Sie trat ein, ohne an die Tür zu klopfen
Hon gick in utan att knacka på dörren
und sie eilte geradewegs die Treppe hinauf
Och hon skyndade sig rakt uppför trappan
sie machte sich Sorgen, dass sie die echte Mary Ann treffen könnte
hon oroade sig för att hon skulle träffa den riktiga Mary Ann
denn dann würde sie aus dem Haus gejagt werden
För då skulle hon bli utvisad ur huset
Und sie würde den Federfächer und die Handschuhe nicht finden können
Och hon skulle inte kunna hitta fjäderfläkten och handskarna
Alice hatte den Weg in ein aufgeräumtes Kämmerlein gefunden
Alice hade letat sig in i ett prydligt litet rum
Im Zimmer stand ein Tisch am Fenster
I rummet stod ett bord vid fönstret
und auf dem Tisch stand ein Federfächer
och på bordet stod en fjäderfjäder
Und da waren zwei oder drei Paar winzige weiße Handschuhe
Och där fanns två eller tre par små vita handskar
Sie hob den Federfächer und ein Paar Handschuhe auf

Hon plockade upp fjäderfläkten och ett par av handskarna
und sie war eben im Begriff, das Zimmer zu verlassen
Och hon var just på väg att lämna rummet
Aber dann fiel ihr Blick auf ein Fläschchen
Men så föll hennes blick på en liten flaska
Sie entkorkte die Flasche und führte sie an ihre Lippen
Hon korkade upp flaskan och förde den till sina läppar
"Ich hoffe, dass ich dadurch wieder groß werde"
"Jag hoppas verkligen att det ska få mig att bli stor igen"
"Ich bin es leid, so ein winziges Ding zu sein!"
"Jag är trött på att vara en så liten, liten sak!"
Alice hatte kaum die halbe Flasche getrunken
Alice hade knappt druckit upp halva flaskan
Ihr Kopf drückte bereits gegen die Decke
Hennes huvud var redan pressat mot taket
und sie musste sich bücken
och hon var tvungen att böja sig ner
um ihr das Genick vor dem Genickbruch zu bewahren
för att rädda hennes nacke från att brytas
Hastig stellte sie die Flasche ab
Hon ställde hastigt ifrån sig flaskan
"Das reicht"
"Det räcker gott och väl"
"Ich hoffe, ich wachse nicht mehr"
"Jag hoppas att jag inte växer längre"
Leider! Es war zu spät, das zu wünschen!
Tyvärr! Det var för sent att önska det!
Sie wuchs und wuchs weiter
Hon fortsatte att växa och växa
und sehr bald musste sie sich auf den Boden knien
Och mycket snart var hon tvungen att falla på knä på golvet
und selbst dann wuchs sie weiter
Och även då fortsatte hon att växa
Als letztes Mittel streckte sie einen Arm aus dem Fenster
Som en sista utväg stack hon ut ena armen genom fönstret
und sie setzte einen Fuß auf den Schornstein
Och hon satte ena foten upp i skorstenen

"Jetzt kann ich nicht mehr, was auch immer passiert"
"Nu kan jag inte göra mer, vad som än händer"
»Was wird aus mir?«
"Vad ska det bli av mig?"

Alice hatte Glück
Alice hade en gnutta tur
Das kleine Zauberfläschchen hatte seine volle Wirkung entfaltet
Den lilla magiska flaskan hade fått sin fulla effekt
und Alice wurde nicht größer, als sie war
och Alice blev inte större än hon var
Nach ein paar Minuten hörte sie draußen eine Stimme
Efter några minuter hörde hon en röst utanför
Und sie blieb stehen, um der Stimme zu lauschen
Och hon stannade för att lyssna till rösten
»Mary Ann! Mary Ann!« sagte die Stimme
"Mary Ann! Mary Ann!» sade rösten
"Hol mir gleich meine Handschuhe!"
"Hämta mina handskar nu åt mig!"
Dann ertönte ein leises Getrappel von Füßen auf der Treppe
Sedan kom ett litet trampande av fötter i trappan

Alice wusste, dass es das Kaninchen war, das kam, um sie zu suchen
Alice visste att det var kaninen som kom för att leta efter henne
und sie zitterte, bis sie das Haus erschütterte
Och hon bävade, så att huset skakade
Sie vergaß ganz, welche Proportionen sie hatte
Hon glömde alldeles bort vad hon hade för proportioner
Sie war tausendmal so groß wie das Kaninchen
Hon var tusen gånger så stor som kaninen
und sie hatte keinen Grund, sich vor einem Kaninchen zu fürchten
Och hon hade ingen anledning att vara rädd för en kanin
Bald kam das Kaninchen an die Tür heran
Efter en stund kom kaninen fram till dörren
Und das kleine Kaninchen versuchte, die Tür zu öffnen
Och den lilla kaninen försökte öppna dörren
Die Tür begann sich nach innen zu öffnen
Dörren började öppnas inåt
aber Alices Ellbogen wurde hart gegen die Tür gedrückt
men Alices armbåge trycktes hårt mot dörren
Dieser Versuch erwies sich als Fehlschlag
Det försöket visade sig vara ett misslyckande
Alice hörte, wie das Kaninchen mit sich selbst sprach
Alice hörde kaninen tala till sig själv
"Dann gehe ich herum und steige durch das Fenster ein"
"Då går jag runt och tar mig in genom fönstret"
"Das wirst du nicht!" dachte Alice
"Det kommer du inte att göra!" tänkte Alice
und sie wartete wieder ein wenig
Och hon väntade lite igen
Bald hörte sie das Kaninchen gerade unter dem Fenster
Snart hörde hon kaninen precis nedanför fönstret
Plötzlich streckte sie ihre Hand aus
Plötsligt sträckte hon ut handen
Und sie machte einen Sprung in die Luft
och hon ryckte till i luften

Sie bekam nichts in die Finger
Hon fick inte tag i någonting
aber sie hörte einen kleinen Schrei und einen Sturz
Men hon hörde ett litet skrik och ett fall
und sie hörte ein Krachen von zerbrochenem Glas
och hon hörde ett brak av krossat glas
Vielleicht war das Kaninchen gefallen
Kanske hade kaninen ramlat
Vielleicht war er in einem Gewächshaus
Kanske var han i ett växthus
**Dann ertönte eine zornige Stimme; Die Stimme des
Kaninchens**
Därnäst hördes en ilsken röst; Kaninens röst
"Pat, wo bist du?"
»Pat, var är du?»
**Und dann ertönte eine Stimme, die sie noch nie zuvor gehört
hatte**
Och så kom en röst som hon aldrig hade hört förut
"Euer Ehren, ich bin hier!"
"Ers ära, jag är här!"
"Ich grabe nach Äpfeln"
"Jag gräver efter äpplen"
»Hier! Komm und hilf mir da raus!"
"Här! Kom och hjälp mig ur det här!"
»Nun sag mir, Pat, was ist das da im Fenster?«
»Säg mig nu, Pat, vad är det där i fönstret?»
"Sicher, Euer Ehren, ich werde es Ihnen sagen"
"Visst, ers ära, det ska jag säga er"
"Das ist ein Arm, der im Fenster steckt!"
"Det är en arm som sitter i fönstret!"
"Na ja, da hat ein Arm nichts zu suchen"
"Nåja, en arm har inget där att göra"
"Geh und nimm den Arm weg!"
"Gå och ta bort armen!"
Hierauf trat ein langes Schweigen ein
Det blev en lång tystnad efter detta
und Alice konnte nur ab und zu ein Flüstern hören

och Alice kunde bara höra viskningar då och då
und endlich streckte sie die Hand wieder aus
Och till sist räckte hon åter ut handen
Und sie machte einen weiteren Sprung in die Luft
och hon gjorde ännu ett ryck i luften
Diesmal gab es zwei kleine Schreie
Den här gången hördes två små skrik
und es gab noch mehr Geräusche von zerbrochenem Glas
och det hördes fler ljud av krossat glas
"Ich möchte wohl wissen, was sie nun tun werden!" dachte Alice
"Jag undrar vad de ska göra härnäst!" tänkte Alice
"Ich wünschte, sie würden mich aus dem Fenster ziehen"
"Jag önskar att de kunde dra ut mig genom fönstret"
Sie wartete eine Weile
Hon väntade en stund
aber eine Weile hörte sie nichts mehr
Men för en stund hörde hon inget mer
Endlich ertönte das Rumpeln kleiner Rädchen
Till slut hördes ett mullrande av små hjul
Und da ertönten viele Stimmen
Och där hördes en hel del röster
Alle Stimmen sprachen miteinander
Alla rösterna talade med varandra
Sie konnte einige der Worte verstehen
Hon kunde urskilja några av orden
"Wo ist die andere Leiter?"
"Var är den andra stegen?"
"Bill hat die andere Leiter"
"Bill har den andra stegen"
"Bill, komm her!"
"Bill, kom hit!"
"Wird das Dach die Last tragen?"
"Kommer taket att bära lasten?"
"Wer will schon den Schornstein hinuntergehen?"
"Vem vill gå ner i skorstenen?"
»Nein, das werde ich nicht! Du machst es!"

"Nej, det ska jag inte! Du gör det!"
»Hier, Bill!«
»Här, Bill!»
"Der Meister sagt, du musst in den Schornstein hinunter!"
"Mästaren säger att du måste gå ner i skorstenen!"
Alice zog ihren Fuß so weit den Schornstein hinab, wie sie konnte
Alice drog sin fot så långt ner i skorstenen som hon kunde
Und dann wartete sie, was kommen würde
Och sedan väntade hon för att se vad som skulle komma
Sie hörte ein kleines Tier kratzen und krabbeln
Hon hörde ett litet djur krafsa och kravla
Das Tierchen muss sich im Schornstein befinden
Det lilla djuret måste vara i skorstenen
dann gab sie einen scharfen Tritt
Sedan gav hon en skarp spark
Und sie wartete ab, was als nächstes geschehen würde
Och hon väntade för att se vad som skulle hända härnäst
Sie hörte einen allgemeinen Chor von Stimmen
Hon hörde en allmän kör av röster
"Da geht Bill!", sagten alle
»Där går Bill!» sade de allesammans
Dann hörte sie allein die Stimme des Kaninchens
Då hörde hon bara kaninens röst
"Du an der Hecke, fang ihn!"
"Du vid häcken, fånga honom!"
Es trat wieder ein Augenblick des Schweigens ein
Det blev ännu en stunds tystnad
Und dann gab es wieder ein Stimmengewirr
Och så blev det ett annat virrvarr av röster
"Halt seinen Kopf hoch, Brandy"
»Håll upp hans huvud, Brandy»
"Pass auf, dass du ihn nicht würgst"
"Var försiktig så att du inte kväver honom"
"Was ist mit dir passiert?"
"Vad har hänt med dig?"
Zuletzt kam eine kleine, schwache, quietschende Stimme

Sist hördes en liten svag, gnisslande röst
"Nun, ich weiß es kaum mehr"
"Ja, jag vet knappt mer"
"Danke euch allen, mir geht es jetzt besser"
"Tack alla, jag mår bättre nu"
"Es gibt eine Sache, an die ich mich erinnern kann"
"det finns en sak jag kan komma ihåg"
"Irgendetwas kommt auf mich zu wie ein Zug im Tunnel"
"Något kommer emot mig som ett tåg i en tunnel"
"Und ich fliege hoch wie eine Rakete!"
"och upp flyger jag som en raket!"
Es gab ein oder zwei Minuten des Schweigens
Det blev en tyst minut eller två
Und dann fingen sie wieder an, sich zu bewegen
Och sedan började de röra på sig igen
und Alice hörte das Kaninchen wieder sprechen
och Alice hörde kaninen tala igen
"Ein Karren voll reicht für den Anfang"
"En kärra duger, till att börja med"
"Einen Karren voll wovon?" dachte Alice
»En kärra av vad?» tänkte Alice
Aber sie wurde nicht lange in Atem gehalten
Men hon hölls inte i ovisshet länge
Ein Regen von kleinen Kieselsteinen drang durch das Fenster
En skur av små stenar kom in genom fönstret
und einige der kleinen Kieselsteine trafen sie im Gesicht
och några av de små stenarna träffade henne i ansiktet
Alice wunderte sich über die kleinen Kieselsteine
Alice blev förvånad över de små stenarna
all die kleinen Kieselsteine verwandelten sich in Kuchen
Alla de små stenarna höll på att förvandlas till kakor
und eine glänzende Idee kam ihr in den Kopf
Och en ljus idé dök upp i hennes huvud
"Einen von diesen Kuchen sollte ich essen"
"Jag borde äta en sån där kaka"
"Der Kuchen wird sicher etwas an meiner Größe ändern"

"Tårtan kommer säkert att göra en förändring i min storlek"
Also schluckte sie einen der Kuchen
Så hon svalde en av kakorna
und sie freute sich, als sie feststellte, dass sie anfing zu schrumpfen
Och hon blev förtjust när hon upptäckte att hon började krympa
Bald war sie klein genug, um durch die Tür zu kommen
Snart var hon tillräckligt liten för att komma in genom dörren
Sie rannte aus dem Haus
Hon sprang ut ur huset
Draußen wartete eine Menge kleiner Tiere und Vögel
En skara små djur och fåglar väntade utanför
alle kleinen Vögel und Tiere stürzten sich auf Alice
alla de små fåglarna och djuren rusade mot Alice
aber sie rannte davon, so schnell sie konnte
Men hon sprang iväg så fort hon kunde
und bald fand sie sich sicher in einem dichten Walde
Och snart befann hon sig i säkerhet i en tät skog
Alice irrte im Walde umher
Alice vandrade omkring i skogen
Und sie dachte bei sich:
Och hon tänkte för sig själv:
"Ich weiß, was ich zuerst zu tun habe"
"Jag vet vad jag måste göra först"
"erst muss ich wieder auf meine richtige Größe wachsen"
"först måste jag växa till min rätta storlek igen"
"Und dann muss ich den Weg in diesen schönen Garten finden"
"och sen måste jag hitta in i den där vackra trädgården"
"Ich glaube, ich sollte irgendetwas essen oder trinken"
"Jag antar att jag borde äta eller dricka det ena eller det andra"
"Aber die Frage ist, was soll ich essen oder trinken?"
"men frågan är vad jag ska äta eller dricka?"
Alice blickte sich um und betrachtete die Blumen
Alice såg sig omkring på blommorna
Und sie schaute durch die Grashalme hindurch

Och hon såg genom grässtråna
aber sie konnte nichts zu essen und zu trinken sehen
Men hon kunde inte se något att äta eller dricka
Nichts sah nach dem Richtigen zum Essen oder Trinken aus
Ingenting såg ut som det rätta att äta eller dricka
In ihrer Nähe wuchs ein großer Pilz
Det växte en stor svamp i närheten av henne
der Pilz war ungefähr so groß wie Alice
svampen var ungefär lika hög som Alice
Sie streckte sich auf den Zehenspitzen auf
Hon sträckte ut sig på tå
Und sie guckte über den Rand des Pilzes
och hon kikade över kanten på svampen
**Ihre Augen trafen sofort die Augen einer großen blauen
Raupe**
Hennes blick mötte genast blicken på en stor blå larv
Die Raupe saß auf der Spitze des Pilzes
Larven satt på toppen av svampen
und die Raupe hatte alle Arme gekreuzt
och larven hade lagt armarna i kors
Und er rauchte leise eine lange Wasserpfeife
och han rökte tyst en lång vattenpipa
und er nahm nicht die geringste Notiz von irgendetwas
Och han brydde sig inte det minsta om någonting
und er achtete gewiß nicht auf Alice
och han brydde sig verkligen inte om Alice

Ratschläge von einer Raupe
Råd från en larv

Endlich nahm die Raupe die Shisha aus dem Maul
Till slut tog larven ut vattenpipan ur munnen
und er redete Alice mit einer trägen, schläfrigen Stimme an
och han vände sig till Alice med en slö, sömnig röst
"Wer bist du?" fragte die Raupe
"Vem är du?" frågade larven

Alice antwortete etwas schüchtern: "Ich weiß es kaum, Sir."
Alice svarade, ganska blygt, "Jag vet knappt, sir"
"Gerade im Moment ist alles ein bisschen..."
"Just nu är det bara lite..."
"Ich weiß, wer ich war, als ich heute Morgen aufgestanden bin."
"Jag vet vem jag var när jag steg upp i morse""
"aber ich glaube, ich muss mich seitdem mehrmals verändert haben"
"men jag tror att jag måste ha förändrats flera gånger sedan dess"

"Was meinst du damit?" sagte die Raupe
»Vad menar du med det?» sade larven
Streng forderte die Raupe sie auf, sich zu erklären
Strängt bad larven henne att förklara sig
»Ich kann mich nicht erklären, fürchte ich, Sir«, sagte Alice
»Jag kan inte förklara mig, är jag rädd», sade Alice
"weil ich nicht ich selbst bin"
"för att jag inte är mig själv"
"Du siehst, es ist sehr verwirrend, so viele verschiedene
Größen an einem Tag zu haben"
"Du förstår, det är väldigt förvirrande att vara så många olika
storlekar på en dag"
Sie raffte sich auf und sagte sehr ernst:
Hon reste sig upp och sade mycket allvarligt:
"Ich denke, du solltest mir zuerst sagen, wer du bist"
"Jag tycker att du först ska tala om för mig vem du är"
"Warum?" fragte die Raupe
»Varför?» sade larven
Alice fiel kein guter Grund ein
Alice kunde inte komma på någon bra anledning
und die Raupe schien sich in einem sehr unangenehmen
Gemütszustand zu befinden
Och larven verkade vara i ett mycket obehagligt
sinnestillstånd
also wandte sie sich ab
Så hon vände sig bort
"Komm zurück!" rief ihr die Raupe nach
"Kom tillbaka!" ropade larven efter henne
"Ich habe etwas Wichtiges zu sagen!"
"Jag har något viktigt att säga!"
Alice drehte sich um und kam wieder zurück
Alice vände sig om och kom tillbaka igen
"Behalte die Fassung!" sagte die Raupe
»Behåll ditt humör», sade larven
»Ist das alles?« fragte Alice
"Är det allt?" sa Alice
und sie schluckte ihren Zorn hinunter, so gut sie konnte

Och hon svalde sin vrede så gott hon kunde

"Nein!" sagte die Raupe

"Nej", sa larven

Die Raupe breitete ihre Arme aus

Larven vecklade ut armarna

Und er nahm die Shisha wieder aus dem Mund

Och han tog ut vattenpipan ur munnen igen

Und er sagte: "Du glaubst also, du bist verändert, oder?"

Och han sade: "Så du tror att du har förändrats, eller hur?"

»Ich fürchte, ich bin verändert, Sir,« sagte Alice

»Jag är rädd, jag är förändrad, sir», sade Alice

"Ich kann mich nicht mehr so an Dinge erinnern, wie ich sie früher in Erinnerung hatte"

"Jag kan inte komma ihåg saker som jag brukade komma ihåg dem"

"Und ich bleibe nicht länger als zehn Minuten gleich groß!"

"och jag håller inte samma storlek i mer än tio minuter!"

"Wie groß willst du sein?" fragte die Raupe

"Vilken storlek vill du ha?" frågade larven

»Oh, es ist mir nicht besonders wichtig, wie groß ich bin«, erwiderte Alice hastig

"Åh, jag bryr mig inte så mycket om vilken storlek jag har", svarade Alice hastigt

"Ich mag es einfach nicht, so oft die Größe zu wechseln, weißt du"

"Jag gillar bara inte att byta storlek så ofta, vet du"

"Ich würde gerne etwas größer sein, Sir"

"Jag skulle vilja vara lite större, sir"

»wenn es dir nichts ausmacht,« fügte Alice hinzu

»om du inte har något emot det», tillade Alice

"Zehn Zentimeter sind so eine erbärmliche Größe"

"Tio centimeter är en så eländig höjd att vara"

"Das ist wirklich eine sehr gute Höhe!" sagte die Raupe ärgerlich

»Det är verkligen en mycket bra höjd!» sade larven ilsket

und er richtete sich auf, während er sprach

Och han reste sig upprätt medan han talade

Er war genau zehn Zentimeter groß

Han var exakt tio centimeter lång

In ein oder zwei Minuten war die Raupe vom Pilz heruntergekommen

På en minut eller två kom larven ner från svampen

und er kroch ins Gras

Och han kröp bort i gräset

Als er sich entfernte, machte er einige kleine Bemerkungen

När han gick därifrån gjorde han några små anmärkningar

"Eine Seite lässt dich größer werden"

"En sida kommer att få dig att bli längre"

"Und die andere Seite wird dich kleiner werden lassen"

"Och den andra sidan kommer att få dig att bli kortare"

"Eine Seite wovon?" dachte Alice bei sich

"En sida av vad?" tänkte Alice för sig själv

"Die andere Seite von was?"

"Den andra sidan av vad?"

"Die Seite des Pilzes!" sagte die Raupe

»Sidan av svampen«, sade larven

Es war, als hätte sie ihre Frage laut gestellt

Det var som om hon hade ställt sin fråga högt

und im nächsten Augenblick war er außer Sichtweite

Och i ett annat ögonblick var han utom synhåll

Alice blieb stehen und betrachtete den Pilz nachdenklich

Alice stod kvar och tittade tankfullt på svampen

Sie versuchte herauszufinden, welche die beiden Seiten des Pilzes waren

Hon försökte urskilja vilka som var de två sidorna av svampen

Endlich streckte sie ihre Arme um den Pilz

Till sist sträckte hon armarna om svampen

und sie brach ein Stück der Ränder ab

och hon bröt av lite av kanterna

»Und nun, welche Seite ist welche?« fragte sie sich

»Och nå, vilken sida är vilken?« sade hon för sig själv

und sie knabberte ein wenig von dem Stück der rechten Hand

och hon knaprade lite på den högra biten

Im nächsten Augenblick spürte sie einen heftigen Schlag unter ihrem Kinn

I nästa ögonblick kände hon ett våldsamt slag under hakan

Ihr Kinn hatte ihren Fuß getroffen!

Hennes haka hade slagit i foten!

Sie war sehr erschrocken über diese sehr plötzliche Veränderung

Hon blev en hel del skrämd av denna mycket plötsliga förändring

Sie schrumpfte sehr schnell

Hon krympte mycket snabbt

Also aß sie schnell etwas von dem anderen Stück Pilz

Så hon åt snabbt upp lite av den andra svampen

Ihr Kinn war sehr eng gegen ihren Fuß gepresst

Hennes haka var pressad tätt mot hennes fot

Es war kaum Platz, um den Mund aufzumachen

Det fanns knappt plats att öppna munnen

aber schließlich gelang es ihr, den Mund aufzumachen

Men till slut lyckades hon öppna munnen

und sie schluckte einen Bissen von dem linken Stück

Och hon svalde en bit av den vänstra biten

»mein Kopf ist endlich frei!« sagte Alice

"Äntligen har mitt huvud blivit befriat!" sa Alice

Sie blickte an sich herunter

Hon såg ner på sig själv

aber alles, was sie sehen konnte, war ein ungeheurer Hals

Men allt hon kunde se var en ofantlig längd på halsen

Ihr Hals schien sich wie ein Stiel zu erheben

Hennes hals tycktes resa sig som en stjälk

Und sie blickte auf ein Meer von grünen Blättern hinab

Och hon såg ner över ett hav av gröna löv

"Wo sind meine Schultern geblieben?"

"Vart har mina axlar tagit vägen?"

»Und ach, meine armen Hände, wie kommt es, daß ich euch nicht sehen kann?«

»Och åh, mina stackars händer, hur kommer det sig, att jag

inte kan se dig?»
Aber ihr Hals hatte einen Vorteil
Men hennes nacke hade en fördel
Sie konnte ihren Kopf in jede Richtung bewegen
Hon kunde röra huvudet åt vilket håll som helst
Tatsächlich war sie wie eine Schlange
I själva verket var hon precis som en orm
Sie senkte anmutig ihren Kopf im Zickzack
Hon sicksackade graciöst med huvudet nedåt
Und sie bewegte ihren Kopf durch die Bäume
Och hon rörde sitt huvud mellan träden
Aber dann hörte sie ein scharfes Zischen
Men så hörde hon ett skarpt väsande
Und sie zog schnell den Kopf zurück
Och hon drog snabbt huvudet bakåt
Eine große Taube war ihr ins Gesicht geflogen
En stor duva hade flugit in i hennes ansikte
und die Taube fuhr mit den Flügeln heftig zusammen
och duvan var våldsamt med sina vingar

»Schlange!« rief die Taube

»Ormen!« ropade duvan

"Ich bin keine Schlange!" sagte Alice entrüstet

»Jag är ingen orm!« sade Alice upprört

"Laß mich in Ruhe!"

"Lämna mig ifred!"

"Ich habe die Wurzeln von Bäumen ausprobiert"

"Jag har provat trädens rötter"

"Und ich habe es mit Hecken versucht", fuhr die Taube fort

"Och jag har provat häckar", fortsatte duvan

»Aber diese Schlangen! Man kann es ihnen nicht recht machen!"

"Men de där ormarna! Det går inte att behaga dem!"

Alice war immer verwirrter

Alice blev mer och mer förbryllad

"Als ob es nicht schon Mühe genug wäre, die Eier auszubrüten!" sagte die Taube

»Som om det inte vore besvär nog att kläcka äggen», sade duvan

"Tag und Nacht muss ich mich auch vor Schlangen in Acht nehmen!"

"natt och dag måste jag också se upp för ormar!"

"Ich hatte gerade den höchsten Baum im Wald gefunden"

"Jag hade precis hittat det högsta trädet i skogen"

"Wäre ich hier sicher frei von Schlangen?"

"Visst skulle jag vara fri från ormar här?"

"Und heraus kommt eine Schlange vom Himmel!"

"Och ut kommer en orm från himlen!"

"Aber ich bin keine Schlange, sage ich dir!" sagte Alice

"Men jag är ingen orm, det ska jag säga dig!" sa Alice

"Ich bin ein... Ich bin ein... Ich bin ein kleines Mädchen«, fügte sie etwas zweifelnd hinzu

"Jag är en... Jag är en... Jag är en liten flicka», tillade hon litet tveksamt

Schließlich hatte sie viele Veränderungen durchgemacht

Hon hade trots allt gått igenom en hel del förändringar

"Du suchst Eier!" sagte die Taube

"Du letar efter ägg", sa duvan
"Das weiß ich mit Sicherheit"
"Det vet jag med säkerhet"
**"Und was macht es aus, ob du ein kleines Mädchen oder
eine Schlange bist?"**
"Och vad spelar det för roll om du är en liten flicka eller en
orm?"
»Es liegt mir sehr viel daran,« sagte Alice hastig
»Det betyder mycket för mig», sade Alice hastigt
**"Aber ich bin nicht auf der Suche nach Eiern, wie es der
Zufall will"**
"men jag letar inte efter ägg, som det råkar vara"
"Und ich würde deine Eier sowieso nicht wollen"
"och jag skulle inte vilja ha dina ägg i alla fall"
"Ich mag meine Eier nicht roh"
"Jag gillar inte mina ägg råa"
»Nun, dann fort!« sagte die Taube in mürrischem Tone
»Nå, ge dig av då!» sade duvan surmulen
und die Taube ließ sich wieder in ihrem Nest nieder
och duvan slog sig åter ner i sitt bo
Alice kauerte sich zwischen die Bäume, so gut sie konnte
Alice hukade sig ner bland träden så gott hon kunde
Ihr Hals verfing sich immer wieder zwischen den Ästen
Hennes nacke trasslade hela tiden in sig bland grenarna
**Hin und wieder musste sie anhalten und ihren Hals
aufdrehen**
Då och då var hon tvungen att stanna och vrida upp nacken
Nach einer Weile erinnerte sie sich an den Pilz
Efter en stund kom hon ihåg svampen
Sie hielt die Pilzstücke noch immer in ihren Händen
Hon höll fortfarande svampbitarna i sina händer
Und sie machte sich sehr vorsichtig an die Arbeit
Och hon skred till verket mycket försiktigt
Zuerst knabberte sie an einem Stück
Först knaprade hon på ett stycke
Und dann knabberte sie an dem anderen Stück
Och så knaprade hon på den andra biten

Manchmal wurde sie größer
Ibland blev hon längre
und manchmal wurde sie kleiner
och ibland blev hon kortare
Aber schließlich erreichte sie ihre übliche Größe
Men till slut uppnådde hon sin vanliga längd
**Sie war schon seit einiger Zeit nicht mehr so groß wie sie
selbst**
Hon hade inte varit sin egen längd på ett tag
So fühlte sich alles eine Zeit lang seltsam an
Så allt kändes konstigt ett tag
**"Das nächste, was zu tun ist, ist, in diesen schönen Garten zu
gehen"**
"Nästa sak att göra är att ta sig in i den vackra trädgården"
»wie soll man das machen?«
"Hur skall det gå till, undrar jag?"
Während sie dies sagte, stieß sie auf einen offenen Platz
När hon sade detta, kom hon till en öppen plats
Da war ein kleines Haus, etwas höher als einen Meter
Det fanns ett litet hus, lite högre än en meter
"Ich frage mich, wer in diesem kleinen Haus wohnt"
"Jag undrar vem som bor i det här lilla huset"
"So groß wie ich bin, kann ich sicher nicht reingehen"
"Jag kan verkligen inte gå in så stor som jag är"
"Ich würde sie fürchterlich erschrecken!"
"Jag skulle skrämma dem fruktansvärt!"
Also knabberte sie wieder an dem kleinen Pilz
Så hon knaprade på den lilla svampen igen
Und bald brachte sie sich dreißig Zentimeter tief
Och snart tog hon sig ner trettio centimeter

Ein Schwein und etwas Pfeffer

En gris och lite peppar

Ein oder zwei Minuten lang stand sie da und betrachtete das Haus

I en minut eller två stod hon och tittade på huset

Plötzlich kam ein Lakai aus dem Walde gerannt

Plötsligt kom en springpojke springande ut ur skogen

Er trug eine spezielle Livree-Uniform

Han var klädd i en speciell livréuniform

Seinem Gesicht nach zu urteilen, hätte sie ihn einen Fisch genannt

Att döma av hans ansikte skulle hon ha kallat honom en fisk

und er klopfte laut mit den Fingerknöcheln an die Tür

och han knackade högljutt på dörren med knogarna

Die Tür wurde von einem anderen Lakaien geöffnet

Dörren öppnades av en annan betjänt

Auch dieser Lakai trug eine besondere Livree

Även denna betjänt var klädd i en speciell livré

Dieser Lakai hatte ein rundes Gesicht und große Augen wie ein Frosch

Denne betjänt hade ett runt ansikte och stora ögon som en groda

Der Lakai, der wie ein Fisch aussah, leitete die Zeremonie ein
Betjänten som såg ut som en fisk inledde ceremonin
Er zog etwas unter seinem Arm hervor
Han drog fram något under armen
Und er zog unter seinem Arm einen Umschlag hervor
Och han tog fram ett kuvert under armen
und diesen Umschlag übergab er dem andern Lakaien
Och detta kuvert räckte han över till den andre drängen
In zeremoniellem Tone teilte er ihm die Befehle mit
I högtidlig ton gav han honom orderna
"Diese Botschaft ist für die Herzogin"
"Det här meddelandet är till hertiginnan"
"Eine Einladung der Königin zum Krocketspielen"
"En inbjudan från drottningen att spela krocket"
Der Lakai, der wie ein Frosch aussah, wiederholte den Befehl
Betjänten som såg ut som en groda upprepade ordern
"Von der Königin"
"Från drottningen"
"Eine Einladung"
"En inbjudan"
"für die Herzogin"
"för hertiginnan"
"Krocket spielen"
"Spela krocket"
Dann verbeugten sie sich beide tief
Sedan bugade de sig båda djupt
und die Locken in ihren Perücken verwickelten sich ineinander
och lockarna i deras peruker trasslade in sig i varandra
Bald war der Lakai, der wie ein Fisch aussah, verschwunden
Snart var drängen som såg ut som en fisk borta
Aber der Lakai, der wie ein Frosch aussah, war immer noch da
Men drängen som såg ut som en groda var kvar
Er saß auf dem Boden in der Nähe der Tür

Han satt på marken nära dörren
Er starrte dumm in den Himmel
Han stirrade dumt upp i skyn
Alice ging schüchtern zur Tür und klopfte
Alice gick försynt fram till dörren och knackade på
»Es hat keinen Zweck, anzuklopfen,« sagte der Lakai
»Det tjänar ingenting till att knacka», sade drängen
"Und das aus zwei Gründen"
"Och det av två skäl"
"Erstens, weil ich auf der gleichen Seite der Tür stehe wie du"
"För det första för att jag är på samma sida av dörren som du"
"Zweitens, weil sie drinnen so viel Lärm machen"
"För det andra för att de gör så mycket oväsen inuti"
"Niemand könnte dich hören"
"Ingen kunde höra dig"
Und es war gewiß ein höchst merkwürdiger Lärm im Innern
Och det var sannerligen ett högst märkvärdigt oväsen som
pågick därinne
ein ständiges Heulen und Niesen
ett konstant ylande och nysande
und ab und zu ein Geräusch von großem Krachen
och då och då ett ljud av ett stort brak
**als ob eine Schüssel oder ein Wasserkocher in Stücke
zerbrochen wäre**
som om en tallrik eller vattenkokare hade slagits i bitar
"Wie soll ich da reinkommen?" fragte Alice
"Hur ska jag komma in?" frågade Alice
»Wollen Sie überhaupt hineinkommen?« fragte der Lakai
»Ska ni stiga in över huvud taget?» sade drängen
"Das ist die erste Frage, weißt du"
"Det är den första frågan, vet du"
Alice öffnete die Tür und trat ein
Alice öppnade dörren och gick in
Die Tür führte direkt in eine große Küche
Dörren ledde rakt in i ett stort kök
Die Küche war von einem Ende bis zum anderen voller

Rauch

Köket var fullt av rök från ena änden till den andra

in der Mitte der Küche saß die Herzogin

mitt i köket stod hertiginnan

Sie saß auf einem dreibeinigen Hocker

Hon satt på en trebent pall

und sie stillte ein Baby

och hon ammade ett barn

Die Köchin beugte sich über das Feuer

Kocken stod lutad över elden

Er rührte einen großen Kessel

Han rörde om i en stor kittel

und der Kessel schien mit Suppe gefüllt zu sein

och kitteln tycktes vara full av soppa

"Da ist sicher zu viel Pfeffer drin!" sagte Alice zu sich selbst

"Det är verkligen för mycket peppar i den där soppan!" sa
Alice till sig själv

Sie sagte es, so gut sie konnte, ohne zu niesen

Hon sa det så gott hon kunde utan att nysa

Sogar die Herzogin nieste gelegentlich

Till och med hertiginnan nös då och då

**Aber die Handlungen des Babys waren am
bemerkenswertesten**

Men barnets handlingar var de mest anmärkningsvärda

Das Baby nieste und heulte abwechselnd

Bebisen nös och ylade om vartannat

**Es gab keinen Augenblick Pause zwischen Heulen und
Niesen**

Det gick inte ett ögonblicks paus mellan tjut och nysningar

Es gab zwei Kreaturen in der Küche, die nicht niesten

Det fanns två varelser i köket som inte nös

Die Köchin war zu beschäftigt, um zu niesen

Kocken var för upptagen för att nysa

**Und die große Katze schien sich nicht an dem Pfeffer zu
stören**

Och den stora katten verkade inte bry sig om pepparn

Stattdessen grinste die große Katze von einem Ohr zum

anderen
I stället flinade den stora katten från öra till öra
»Bitte, würdest du es mir sagen,« sagte Alice ein wenig
schüchtern
"Var snäll och berätta det för mig", sa Alice lite blygt
"Warum grinst deine Katze so?"
"Varför flinar din katt så där?"
»Es ist eine Cheshire-Katze,« sagte die Herzogin
»Det är en Cheshirekatt», sade hertiginnan
"Und deshalb grinst er von Ohr zu Ohr"
"Och det är därför han flinar från öra till öra"
"Ich wusste nicht, dass eine Cheshire-Katze immer grinst"
"Jag visste inte att en Cheshire-Cat alltid flinade"
"Eigentlich wusste ich nicht, dass Katzen grinsen können",
sagte Alice
"Jag visste faktiskt inte att katter kunde grina", säger Alice
»Es gibt vieles, was Sie nicht wissen,« sagte die Herzogin
»Det är mycket du inte vet», sade hertiginnan
"Es gibt vieles, was man nicht weiß, und das ist eine
Tatsache"
"Det är mycket man inte vet och det är ett faktum"
In diesem Augenblick nahm die Köchin den Kessel mit der
Suppe vom Feuer
Just då tog kocken grytan med soppa från elden
Und sogleich fing sie an, alles in ihre Reichweite zu werfen
Och med ens började hon kasta allt inom räckhåll
sie warf alles, was sie konnte, auf die Herzogin und das
Baby
hon kastade allt hon kunde på hertiginnan och barnet
Zuerst warf sie die Feuereisen
Först kastade hon eldjärnen
Dann warf sie eine Handvoll Töpfe
Sedan kastade hon en handfull kastruller
und schließlich warf sie die Teller und Schüsseln
Och till sist kastade hon tallrikar och fat
Die Herzogin nahm keine Notiz von ihr
Hertiginnan tog ingen notis om henne

Selbst als sie von einem Teller getroffen wurde, machte sie sich keine Sorgen

Inte ens när hon blev träffad av en tallrik oroade hon sig

Das Baby heulte schon so viel

Bebisen ylade redan så mycket

Es war also unmöglich zu sagen, ob die Schläge das Baby verletzt haben oder nicht

Så det var omöjligt att säga om slagen skadade barnet eller inte

"Oh, gib bitte acht, was du tust!" rief Alice

"Åh, snälla, tänk på vad du gör!" ropade Alice

und sie sprang in Todesangst des Entsetzens auf und ab

Och hon hoppade upp och ner i skräckångest

die Herzogin bot Alice das Baby an

Hertiginnan erbjöd barnet Alice

»Hier! Du kannst das Kind ein wenig stillen, wenn du willst!«

"Här! Du kan amma barnet lite, om du vill!"

Und sie schleuderte das Kind nach ihr, während sie sprach

Och hon kastade barnet mot henne, medan hon talade

"Ich muss gehen und mich darauf vorbereiten, mit der Königin Krocket zu spielen"

"Jag måste gå och göra mig i ordning för att spela krocket med drottningen"

und sie eilte aus dem Zimmer

Och hon skyndade sig ut ur rummet

Alice fing das Baby mit einiger Mühe auf

Alice fångade barnet med viss svårighet

weil es ein sehr seltsam geformtes kleines Wesen war

för det var en mycket underligt formad liten varelse

Und das Kind streckte seine Arme und Beine nach allen Richtungen aus

Och barnet sträckte ut armar och ben åt alla håll

"Das Kind nehme ich lieber mit!" dachte Alice

"Det är bäst att jag tar det här barnet med mig", tänkte Alice

"Sie werden dieses Baby sicher in ein oder zwei Tagen töten"

"De kommer säkert att döda den här bebisen om en dag eller
två"
"Wäre es nicht Mord, dieses Baby zurückzulassen?"
"Skulle det inte vara mord att lämna det här barnet bakom
sig?"
Sie sprach die letzten Worte laut aus
Hon sa de sista orden högt
Und das kleine Ding grunzte als Antwort
och den lilla varelsen grymtade till svar
**"Du verwandelst dich am besten nicht in ein Schwein,
meine Liebe!" sagte Alice**
"Det är bäst att du inte förvandlas till ett svin, min kära", sa
Alice
"sonst habe ich nichts mehr mit dir zu tun"
"annars har jag inget mer med dig att göra"
Alice fing eben an, bei sich selbst zu denken:
Alice hade just börjat tänka för sig själv:
**»Nun, was soll ich mit diesem Geschöpf anfangen, wenn ich
es nach Hause bringe?«**
»Nå, vad skall jag göra med den här varelsen, när jag får hem
den?«
Aber dann grunzte das kleine Geschöpf ein wenig heftig
Men då grymtade den lilla varelsen lite våldsamt
und Alice sah ihm erschrocken ins Gesicht
och Alice såg förskräckt ner i dess ansikte
Diesmal konnte es keinen Irrtum geben
Den här gången gick det inte att ta miste på det
Es war nicht mehr und nicht weniger als ein Schwein
Den var varken mer eller mindre än en gris
Da setzte sie das kleine Geschöpf ab
Och hon satte ner den lilla varelsen
und das kleine Geschöpf trabte leise in den Wald hinein
och den lilla varelsen travade lugnt bort in i skogen
**Alice war ziemlich erleichtert, als sie die Kreatur
verschwinden sah**
Alice kände sig ganska lättad över att se varelsen gå
Alice erschrak ein wenig, als sie die Cheshire-Katze sah

Alice blev lite skrämd av att se Cheshire-katten
Er saß auf einem Ast eines Baumes, ein paar Meter entfernt
Den satt på en gren i ett träd några meter bort
Die Katze grinste nur, als sie sie sah
Katten bara flinade när den såg henne
»Cheshire-Katze,« begann Alice etwas schüchtern
»Cheshire-katt», började Alice litet försagd
»Würden Sie mir bitte sagen, welchen Weg ich von hier aus einschlagen soll?«
"Vill du vara snäll och tala om för mig vilken väg jag ska gå härifrån?"
"In diese Richtung", sagte die Katze
"I den riktningen", sa katten
Und er fuchtelte mit der rechten Pfote herum
och den viftade med höger tass
"In dieser Richtung lebt ein Hutmacher"
"I den riktningen bor en hattmakare"
Und dann winkte die Katze mit der anderen Pfote
Och så viftade katten med sin andra tass
"Und in dieser Richtung wohnt ein Märzhase"
"Och åt det hållet bor en marshare"
»Besuchen Sie, wen Sie wollen; Sie sind beide verrückt"
"Besök vem du vill; de är båda galna"
»Aber ich will nicht unter Verrückte gehen«, bemerkte Alice
"Men jag vill inte gå bland galna människor", sa Alice
"Ach, dafür kannst du nicht helfen!" sagte die Katze
"Åh, det kan du inte hjälpa", sa katten
"Wir sind alle verrückt hier"
"Vi är alla galna här"
"Spielst du heute Krocket mit der Queen?"
"Spelar du krocket med drottningen idag?"
"Das würde ich sehr gerne!" sagte Alice
"Det skulle jag gärna vilja", sa Alice
"aber ich bin noch nicht eingeladen worden"
"men jag har inte blivit inbjuden än"
"Du wirst mich dort sehen!" sagte die Katze
"Du kommer att se mig där", sa katten

**Und von einem Augenblick auf den anderen verschwand
die Katze**
Och från den ena stunden till den andra försvann katten
bald kam Alice in Sichtweite des Hauses des Märzhasen
Snart fick Alice syn på marsharens hus
Das war ein sehr großes Haus
Detta var ett mycket stort hus
Alice wollte also nicht in die Nähe des Hauses gehen
så Alice ville inte gå nära huset
**Zuerst musste sie noch etwas von dem linken Stück Pilz
knabbern**
Först var hon tvungen att knapra lite mer av den vänstra sidan
av svampen

Eine verrückte Teeparty
En galen tebjudning

Vor dem Haus stand ein Baum
Framför huset stod ett träd
Und unter dem Baum stand ein Tisch
och under trädet fanns ett bord
und der Tisch war mit allerlei Besteck gedeckt
Och bordet var dukat med allehanda bestick
Der Märzhase und der Hutmacher saßen bei Tisch
Marsharen och hattmakaren satt till bords
und zusammen tranken sie Tee
och tillsammans drack de te
Ein Siebenschläfer saß zwischen ihnen
En hasselmus satt mellan dem
und der Siebenschläfer schlief fest
och hasselmusen sov djupt
Der Tisch war von außergewöhnlicher Größe
Bordet var av extraordinär storlek
Aber der größte Teil des Tisches war unbesetzt
Men större delen av bordet var tomt
Sie saßen dicht gedrängt an einer Ecke des Tisches
De satt tätt ihop i ena hörnet av bordet
und doch entschuldigten sie sich, als sie Alice sahen
och ändå kom de med ursäkter när de såg Alice
»Kein Platz! Kein Platz!« schrien sie
"Ingen plats! Ingen plats!» ropade de
»Es ist viel Platz!« sagte Alice entrüstet
"Det finns gott om plats!" sa Alice upprört
An einem Ende des Tisches stand ein großer Sessel
I ena ändan av bordet stod en stor länstol
und Alice setzte sich in den Sessel
och Alice satte sig i fåtöljen
Der Hutmacher riss die Augen weit auf
Hattmakaren spärrade upp ögonen
Er konnte nicht glauben, was er da sah
Han kunde inte tro sina ögon
aber sein Geist war neugierig auf andere Dinge

Men hans sinne var nyfiket på annat
»Warum ist ein Rabe wie ein Schreibtisch?«
»Varför är en korp lik ett skrivbord?»
Alice war offen für die Herausforderung
Alice var öppen för utmaningen
"Ich bin froh, dass sie angefangen haben, Rätsel zu stellen"
"Jag är glad att de har börjat ställa gåtor"
»Ich glaube, das kann ich erraten«, fügte sie laut hinzu
»Jag tror jag kan gissa det», tillade hon högt
Der Märzhase wurde neugierig auf Alice
Marschharen blev nyfiken på Alice
"Glaubst du wirklich, dass du die Antwort finden kannst?"
"Tror du verkligen att du kan hitta svaret?"
»Ich glaube, ich kann die Antwort finden,« sagte Alice
"Jag tror att jag kan hitta svaret faktiskt", sa Alice
»Dann sollst du sagen, was du meinst,« fuhr der Märzhase fort
»Då får du säga vad du menar», fortfor marschharen
»Ich sage, was ich meine,« erwiderte Alice hastig
"Jag säger vad jag menar", svarade Alice hastigt
"Zumindest meine ich ernst, was ich sage"
"jag menar i alla fall vad jag säger"
"Das ist dasselbe, weißt du"
"Det är samma sak, vet du"
Auch der Siebenschläfer trug zu dem Gespräch bei
Hasselmusen bidrog också till samtalet
Aber der Siebenschläfer schien im Schlaf zu sprechen
men hasselmusen tycktes tala i sömnen
"Ich atme, wenn ich schlafe"
"Jag andas när jag sover"
"Ich schlafe, wenn ich atme!"
"Jag sover när jag andas!"
"Man könnte genauso gut sagen, dass sie auch gleich sind"
"Man kan lika gärna säga att de är likadana också"
"So ist es auch bei dir!" sagte der Hutmacher
»Det är samma sak med dig», sade hattmakaren
und er goß ein wenig Tee über die Nase des Siebenschläfers

och han hällde lite te på hasselmusens näsa
Das Murmelthier schüttelte ungeduldig den Kopf
Dormouse skakade otåligt på huvudet
Und wieder sprach das Murmelmaus, ohne die Augen zu öffnen
Och åter talade hasselmusen utan att öppna ögonen
"Natürlich, natürlich ist es dasselbe"
"Självklart, det är klart att det är likadant"
"Das wollte ich ja auch sagen"
"det var bara vad jag själv tänkte säga"

Der Hutmacher wandte sich an Alice und stellte eine weitere Frage
Hattmakaren vände sig till Alice och ställde en annan fråga
"Hast du das Rätsel schon erraten?"
"Har du gissat gåtan än?"
"Nein, ich gebe auf", gab Alice zu
"Nej, jag ger upp", medgav Alice
"Was ist die Antwort?", wollte sie wissen
"Vad är svaret?" ville hon veta
»Ich habe nicht die geringste Ahnung,« sagte der Hutmacher

»Jag har inte den ringaste aning», sade hattmakaren
"Ich weiß es auch nicht!" sagte der Märzhase
»Det vet jag inte heller», sade fältharen
Alice stieß einen müden Seufzer aus
Alice gav ifrån sig en trött suck
"Es gibt eine bessere Nutzung der Zeit als Rätsel ohne Antworten"
"Det finns bättre sätt att använda tiden än gåtor utan svar"
»Trinken Sie noch etwas Tee,« sagte der Märzhase sehr ernst zu Alice
»Drick litet mer te», sade marschharen mycket allvarligt till Alice
Alice war ziemlich beleidigt über das Angebot
Alice blev ganska förolämpad av erbjudandet
»Ich habe noch keinen Tee getrunken,« erwiderte Alice
"Jag har inte druckit te än", svarade Alice
"Deshalb kann ich keinen Tee mehr trinken"
"därför kan jag inte dricka mer te"
»Du meinst, weniger Tee kannst du nicht haben«, sagte der Hutmacher
»Du menar, att du inte kan dricka mindre te?» sade hattmakaren
"Es ist sehr einfach, mehr als nichts zu nehmen"
"Det är väldigt lätt att ta mer än ingenting"
Bei diesen Worten erhob sich Alice und ging fort
Då reste sig Alice och gick iväg
Der Siebenschläfer schlief augenblicklich ein
Hasselmusen somnade genast
und keiner der andern nahm die geringste Notiz davon, daß sie ging
Och ingen av de andra brydde sig det minsta om att hon gick
obwohl sie ein- oder zweimal zurückblickte
fast hon såg sig om ett par gånger
Sie versuchten, den Siebenschläfer in die Teekanne zu stecken
De försökte sätta hasselmusen i tekannan
"Jedenfalls werde ich nie wieder dorthin gehen!" sagte Alice

"Jag kommer i alla fall aldrig att gå dit igen!" sa Alice

Und sie ging ihren Weg durch den Wald

Och hon gick sin väg genom skogen

"Das war die dümmste Teeparty, auf der ich je war"

"det var det dummaste tebjudning jag någonsin varit på"

Gerade als sie das sagte, bemerkte sie etwas

Just som hon sade detta, lade hon märke till något

Einer der Bäume hatte eine Tür, die direkt hineinführte

Ett av träden hade en dörr som ledde rakt in i det

»Das ist sehr interessant!« dachte sie

"Det är mycket intressant!" tänkte hon

"Ich denke, ich kann genauso gut durch die Tür gehen"

"Jag tror att jag lika gärna kan gå in genom dörren"

Und durch die Tür ging sie

Och genom dörren gick hon

Wieder befand sie sich in der langen Halle

Än en gång befann hon sig i den långa hallen

Wieder stand sie dicht an dem kleinen Glastisch

Åter stod hon tätt intill det lilla glasbordet

Sie nahm den kleinen goldenen Schlüssel

Hon tog den lilla gyllene nyckeln

und sie schloß die Tür auf, die in den Garten führte

Och hon låste upp dörren som ledde ut i trädgården

Dann machte sie sich daran, an dem Pilz zu knabbern

Sedan satte hon igång med att knapra på svampen

Sie hatte ein Stück des Pilzes in ihrer Tasche aufbewahrt

Hon hade haft en bit av svampen i fickan

Und schließlich war sie etwa einen Meter groß

Och till slut var hon ungefär en meter lång

dann ging sie den kleinen Korridor hinunter

Sen gick hon genom den lilla korridoren

Und dann fand sie sich endlich in dem schönen Garten wieder

Och så befann hon sig äntligen i den vackra trädgården

Und sie war zwischen den hellen Blumen und den kühlen Springbrunnen

Och hon var bland den ljusa blomman och de svala fontänerna

Der Krocketplatz der Königinnen

Drottningens krocketplan

Ein großer Rosenstrauch stand in der Nähe des Eingangs des Gartens

Ett stort rosenträd stod nära ingången till trädgården

Die Rosen, die an dem Baum wuchsen, waren weiß

Rosorna som växte på trädet var vita

aber es waren drei Gärtner, die die Rose bemalten

Men det var tre trädgårdsmästare som målade rosen

Sie waren damit beschäftigt, die Rosen rot zu färben

De var ivrigt sysselsatta med att måla rosorna röda

und Alice sah zu, wie sie die Rosen rot färbten

och Alice tittade på när de målade rosorna röda

und plötzlich fielen ihre Augen zufällig auf Alice

och plötsligt råkade deras blickar falla på Alice

Alice sprach ein wenig schüchtern

Alice talade lite försagt

»Würden Sie es mir bitte sagen?«

"Vill du vara snäll och berätta det för mig?"

"Warum malt ihr alle diese Rosen?"

"Varför målar ni alla de där rosorna?"

Fünf und Sieben sagten nichts, sondern sahen zwei an

Fem och sju sade ingenting, men tittade på två

zwei Sprecher, mit leiser Stimme

Två talade med låg röst

»Nun, die Sache ist die, sehen Sie, gnädige Frau.«

»Ja, faktum är ju så, min fru.»

"Das hier hätte ein roter Rosenstrauch sein sollen"

"Det här borde ha varit ett rött rosenträd"

"Und wir haben aus Versehen einen weißen Rosenstrauch hineingesetzt"

"Och vi satte in ett vitt rosenträd av misstag"

"Wie Sie mir zustimmen würden, darf die Königin es nicht herausfinden"

"Som ni säkert håller med om får drottningen inte ta reda på det"

"Sonst würden wir uns allen die Köpfe abschneiden"

"Annars skulle vi alla få våra huvuden avhuggna"
"Sie sehen also, gnädige Frau, wir tun unser Bestes"
"Så ser ni, frun, vi gör vårt bästa"
Karte fünf hatte ängstlich über den Garten geschaut
Kort fem hade oroligt tittat ut över trädgården
In diesem Augenblick rief die fünfte Karte: "Die Königin!
Die Königin!"
I detta ögonblick ropade kort fem: "Damen! Drottningen!"
und die drei Gärtner eilten augenblicklich davon
Och de tre trädgårdsmästarna skyndade genast iväg
und sie warfen sich flach auf ihre Gesichter
och de kastade sig platt på sina ansikten
Man hörte das Geräusch vieler Schritte
Det hördes många fotsteg
Alice sah sich um, begierig darauf, die Königin zu sehen
Alice såg sig omkring, ivrig att få se drottningen
Am Anfang des Zuges standen zehn Soldaten
I början av processionen stod tio soldater
Ihre Hände und Füße waren in den Ecken
Deras händer och fötter var i hörnen
und in ihren Händen und Füßen waren Keulen
och i deras händer och fötter hade de klubbor
Als nächstes kamen die zehn Höflinge
Därnäst kom de tio hovmännen
die Höflinge waren über und über mit Diamanten
geschmückt
Hovmännen var överallt prydda med diamanter
Nach den Höflingen kamen die königlichen Kinder
Efter hovmännen kom de kungliga barnen
Es waren zehn der königlichen Kinder
Det fanns tio av de kungliga barnen
und alle königlichen Kinder waren mit Herzen geschmückt
Och alla de kungliga barnen var smyckade med hjärtan
Dann kamen die Gäste; Meist Könige und Königinnen
Därefter kom gästerna; Mestadels kungar och drottningar
und unter den Königen und Königinnen sah Alice jemanden
och bland kungarna och drottningen såg Alice någon

Sie sah wieder das weiße Kaninchen, das sie gejagt hatte
Hon såg åter den vita kaninen som hon hade jagat
Der Prozession folgte der Spitzbube der Herzen
Processionen följdes av hjärtans knekt
Er trug die Krone des Königs
Han bar kungens krona
und die Krone des Königs lag auf einem purpurnen Samtkissen
och kungens krona låg på en karmosinröd sammetskudde
Und dann kam das Ende dieser großen Prozession
Och så kom slutet på denna storslagna procession
Und da waren am Ende der König und die Königin der Herzen
Och där i slutet var hjärter kung och drottning
der Zug kam Alice gegenüber
processionen kom mitt emot Alice
Und alle blieben stehen und sahen sie an
Och de stannade alla och såg på henne
Und die Königin sprach streng: "Wer ist das?"
Och drottningen sade allvarligt: »Vem är detta?«
Sie sagte es zum Herzknaben
Hon sa det till Hjärter Knekt
aber er verbeugte sich nur und lächelte als Antwort
Men han bara bugade och log till svar
Alice sprach sehr höflich
Alice talade mycket artigt
"Mein Name ist Alice, also bitte, Eure Majestät"
"Mitt namn är Alice, så snälla ers majestät"
Aber sie hatte andere Gedanken für sich
Men hon hade andra tankar för sig själv
"Es ist doch nur ein Kartenspiel!"
"De är ju bara en kortlek!"
»Kannst du Krocket spielen?« rief die Königin
"Kan du spela krocket?" ropade drottningen
Die Frage war offenbar an Alice gerichtet
Frågan var tydligen menad för Alice
"Ja!" sagte Alice laut

"Ja!" sa Alice högt

"Komm also spielen!" brüllte die Königin

»Kom och lek då!« röt drottningen

sprach eine schüchterne Stimme zu Alice

en skygg röst talade till Alice

"Es ist ein sehr schöner Tag!"

"Det är en mycket fin dag!"

Sie ging an dem weißen Kaninchen vorbei

Hon gick förbi den vita kaninen

und das weiße Kaninchen guckte ihr ängstlich ins Gesicht

och den vita kaninen tittade oroligt i ansiktet på henne

»ein sehr schöner Tag,« bestätigte Alice

"En mycket vacker dag faktiskt", bekräftade Alice

»Wo ist die Herzogin?«

»Var är hertiginnan?«

»Still! Still!" sagte das Kaninchen

"Tyst! Tyst!« sade kaninen

"Sie ist zum Tode verurteilt"

"Hon är dömd till avrättning"

»Wofür wird sie hingerichtet?« fragte Alice

"Varför blir hon avrättad?" frågade Alice

"Sie hat der Königin die Ohren abgewetzt", begann das Kaninchen

»Hon skrapade drottningens öron», började kaninen

schrie die Königin mit Donnerstimme

ropade drottningen med tordönsröst

"Ran an eure Plätze!"

"Gå till era platser!"

Und die Leute rannten in alle Richtungen herum

och folk började springa åt alla håll

Und sie fielen alle aneinander

och de tumlade alla ihop mot varandra

Sie hatten sich jedoch in ein oder zwei Minuten beruhigt

Men de lugnade ner sig på en minut eller två

Und dann begann das Spiel

Och sedan började spelet

Alice hatte noch nie einen so merkwürdigen Krocketplatz

gesehen
Alice hade aldrig sett en så märklig krocketplan
Das Gras bestand nur aus Graten und Furchen
Gräset var bara åsar och fåror
Die Krocketbälle waren echte Igel
Krocketbollarna var riktiga igelkottar
und die Schlägel waren echte Flamingos
Och klubborna var riktiga flamingos
und die Soldaten standen auf Händen und Füßen
Och soldaterna stod på händer och fötter
weil die Bögen aus ihren Körpern gemacht wurden
eftersom bågarna var gjorda av deras kroppar
Die Spieler spielten alle gleichzeitig
Alla spelare spelade på en gång
Niemand wartete, bis er an der Reihe war
Ingen väntade på sin tur
und jeder stritt sich mit jedem
och alla grälade med alla
und alle kämpften für die Igel
Och alla slogs om igelkottarna
Bald geriet die Königin in eine wütende Leidenschaft
Snart befann sig drottningen i en rasande passion
Und sie fing an, herumzustampfen und zu schreien
Och hon började stampa omkring och skrika
»Hacken Sie ihm den Kopf ab!«
"Hugg av hans huvud!"
"Hack ihr den Kopf ab!"
"Hugg av hennes huvud!"
"Hackt ihnen alle Köpfe ab!"
"Hugg huvudet av dem alla!"
Wieder dachte Alice bei sich.
Återigen tänkte Alice för sig själv
"Sie lieben es schrecklich, hier Menschen zu enthaupten"
"De är fruktansvärt förtjusta i att halshugga folk här"
**"Das große Wunder ist, dass überhaupt noch jemand am
Leben ist!"**
"Det stora undret är att det finns någon kvar i livet!"

Sie sah sich nach einem Ausweg um
Hon såg sig om efter någon utväg att fly
Sie bemerkte eine merkwürdige Erscheinung in der Luft
Hon lade märke till ett underligt utseende i luften
»Es ist die Cheshire-Katze,« sagte sie zu sich selbst
»Det är Cheshirekatten«, sade hon för sig själv
"Jetzt habe ich jemanden, mit dem ich reden kann"
"nu har jag någon att prata med"
"Wie geht es dir?" fragte die Katze
"Hur står det till?" sa katten
»Ich glaube nicht, daß sie ganz und gar fair spielen«, sagte Alice
"Jag tycker inte alls att de spelar rättvist", säger Alice
Und sie hatte einen ziemlich klagenden Ton
Och hon hade en ganska klagande ton
"Sie streiten sich alle so fürchterlich"
"De grälar så förfärligt allihop"
"Man hört sich selbst nicht sprechen"
"Man kan inte höra sig själv tala"
"Und sie scheinen sich nicht an irgendwelche Regeln zu halten"
"Och de verkar inte spela efter några regler"
die Katze stellte Alice mit leiser Stimme eine Frage
katten ställde en fråga till Alice med låg röst
"Wie gefällt dir die Königin?"
"Vad tycker du om drottningen?"
»Ich mag sie gar nicht,« sagte Alice
"Jag tycker inte alls om henne", sa Alice

Alice dachte, sie könnte genauso gut zurückgehen
Alice tänkte att hon lika gärna kunde gå tillbaka
Sie wollte sehen, wie das Spiel läuft
Hon ville se hur det gick i matchen
Sie machte sich auf die Suche nach ihrem Igel
Hon gav sig iväg på jakt efter sin igelkott
Der Igel war damit beschäftigt, gegen einen anderen Igel zu kämpfen
Igelkotten var upptagen med att slåss mot en annan igelkott
Das war eine ausgezeichnete Gelegenheit
Detta var ett utmärkt tillfälle
Sie konnte einen Igel mit dem anderen krocketen
Hon kunde slå den ena igelkotten med den andra
Aber ihr Flamingo war auf der anderen Seite des Gartens
Men hennes flamingo var på andra sidan trädgården
Der Flamingo war ziemlich tollpatschig
Flamingon var ganska klumpig
Ihr Flamingo versuchte, gegen einen Baum zu fliegen
Hennes flamingo försökte flyga upp i ett träd

Sie packte den Flamingo am Bein
Hon fångade flamingon i benet
Und sie schob sich den Flamingo unter den Arm
Och hon stoppade undan flamingon under armen
So konnte der Flamingo nicht mehr entkommen
På så sätt kunde flamingon inte fly igen
In diesem Augenblick traf Alice zufällig die Herzogin
Just då råkade Alice träffa hertiginnan
Die Herzogin war nun aus dem Gefängnis entlassen worden
Hertiginnan var nu ute ur fängelset
Sie schob ihren Arm liebevoll unter Alices Arm
Hon lade kärleksfullt armen under Alices arm
Und dann gingen sie zusammen fort
Och sedan gick de iväg tillsammans
Alice war sehr froh, sie in so angenehmer Laune zu finden
Alice var mycket glad över att finna henne på ett så behagligt
humör
Sie erschrak jedoch ein wenig
Hon blev dock lite skrämd
Sie hörte die Stimme der Herzogin dicht an ihrem Ohr
Hon hörde hertiginnans röst tätt intill sitt öra
"Du denkst über etwas nach, meine Liebe"
"Du tänker på något, min kära"
"Und das lässt dich das Reden vergessen"
"Och det gör att man glömmer att prata"
»Das Spiel geht jetzt etwas besser«, sagte Alice
"Spelet går bättre nu", sa Alice
Es war eine Möglichkeit, das Gespräch am Laufen zu halten
Det var ett sätt att hålla igång samtalet
»So ist es,« sagte die Herzogin
»Ja, det är så», sade hertiginnan
"Und die Moral davon ist folgende."
"Och sensmoralen i det är denna:"
"Es ist die Liebe, die alles macht!"
"Det är kärleken som gör allt!"
"Liebe ist das, was die Welt bewegt"
"Kärlek är det som får världen att gå runt"

Alice hatte eine andere Erklärung
Alice hade en annan förklaring
**"Das macht jeder, der sich um seine eigenen
Angelegenheiten kümmert!"**
"Det görs genom att var och en sköter sig själv!"
»Ah, gut! Du könntest Recht haben"
"Nåväl! Du kan ha rätt"
»Es bedeutet alles ziemlich dasselbe,« sagte die Herzogin
»Det betyder ungefär samma sak», sade hertiginnan
und sie grub ihr spitzes kleines Kinn in Alices Schulter
och hon borrade in sin vassa lilla haka i Alices axel
"Und die Moral davon ist folgende"
"Och sensmoralen i det är denna"
"Kümmere dich um die Sinne"
"Ta hand om sinnena"
"Und dann erledigen sich die Klänge von selbst"
"Och då kommer ljuden att ta hand om sig själva"
Aber dann fing der Arm der Herzogin an zu zittern
Men då började hertiginnans arm att darra
Alice blickte auf und da stand die Königin
Alice tittade upp och där stod drottningen
Die Königin hatte die Arme verschränkt
Drottningen stod med armarna i kors
Und sie runzelte die Stirn wie ein Gewitter!
Och hon rynkade pannan som ett åskväder!
»Ich warne dich!« schrie die Königin
»Jag ger er en rättvis varning!» ropade drottningen
Und sie stampfte auf den Boden, während sie sprach
Och hon stampade i marken medan hon talade
"Entweder dein Kopf oder ihr Kopf muss ausgeschaltet sein"
"Antingen ditt huvud eller hennes huvud måste vara av"
"Treffen Sie Ihre Wahl!"
"Gör ditt val!"
"Und beeilen Sie sich"
"Och var snabb med det"
Die Herzogin traf ihre Wahl
Hertiginnan gjorde sitt val

und in einem Augenblick war die Herzogin verschwunden
Och inom ett ögonblick var hertiginnan borta
Da sprach die Königin zu Alice
Sedan talade drottningen till Alice
"Weiter geht's mit dem Spiel"
"Låt oss fortsätta med spelet"
Alice war zu erschrocken, um ein Wort zu sagen
Alice var för rädd för att säga ett ord
und langsam folgte sie ihrem Rücken zum Krocketplatz
Och hon följde henne långsamt tillbaka till krocketplatsen
Die ganze Zeit stritt sich die Dame mit den anderen Spielern
Hela tiden grälade damen med de andra spelarna
»Hacken Sie ihm den Kopf ab!«
"Hugg av hans huvud!"
"Hack ihr den Kopf ab!"
"Hugg av hennes huvud!"
"Hackt ihnen alle Köpfe ab!"
"Hugg huvudet av dem alla!"
Bald waren alle Spieler in Gewahrsam
Snart var alla spelare häktade
nur der König, die Königin und Alice blieben zurück
bara kungen, drottningen och Alice stannade kvar
Da ging die Königin, ganz außer Atem
Då gick drottningen, alldeles andfådd
und sie ging mit Alice fort
och hon gick iväg med Alice
Alice hörte, wie der König leise etwas sagte
Alice hörde kungen tyst säga något
"Ihr seid alle begnadigt"
"Ni är alla benådade"
aber plötzlich hörte man einen neuen Schrei
Men plötsligt hördes ett nytt rop
"Der Prozess beginnt!"
"Rättegången har börjat!"
und Alice lief mit den andern
och Alice sprang tillsammans med de andra

Wer hat die Torten gestohlen?

Vem stal tårtorna?

Der Herzkönig und die Herzkönigin saßen

Hjärter kung och Hjärter Dam satt

sie saßen auf ihrem Thron, als Alice ankam

de satt på sin tron när Alice anlände

Eine große Menschenmenge war um sie herum versammelt

En stor folkmassa hade samlats omkring dem

Es gab allerlei kleine Vögel und Bestien

Där fanns alla möjliga små fåglar och djur

Und da war das ganze Kartenspiel

Och där var hela kortleken

Der Spitzbube stand in Ketten vor ihnen

Knekten stod framför dem, i kedjor

und auf jeder Seite war ein Soldat, der ihn bewachte

Och det fanns en soldat på var sida som vaktade honom

in der Nähe des Königs war das weiße Kaninchen

nära kungen var den vita kaninen

Er hatte eine Trompete in der einen Hand

Han hade en trumpet i ena handen

Und in der andern Hand hielt er eine Pergamentrolle

Och i den andra handen hade han en pergamentrulle

In der Mitte des Platzes stand ein Tisch

Längst mitt på gården stod ett bord

Auf dem Tisch stand eine große Schüssel mit Torten

På bordet stod ett stort fat med tårtor

**"Ich wünschte, sie würden den Prozess zu Ende bringen",
dachte Alice**

"Jag önskar att de kunde få rättegången klar", tänkte Alice

"Dann könnten wir etwas von diesen Erfrischungen essen!"

"Då skulle vi kunna äta lite av den där förfriskningen!"

Der Richter war übrigens der König
Domaren var förresten kungen
und er trug seine Krone über seiner großen Perücke
Och han bar sin krona över sin stora peruk
»Das ist die Loge der Geschworenen!« dachte Alice
»Det där är jurybåset«, tänkte Alice
"Und diese zwölf Geschöpfe, ich nehme an, sie sind die Geschworenen"
"Och de där tolv varelserna, jag antar att de är jurymedlemmarna"
einige waren Tiere, andere waren Vögel
En del var djur och en del var fåglar
In diesem Augenblick schrie das weiße Kaninchen auf
Just då skrek den vita kaninen till
"Schweigen im Gericht!"
"Tystnad i rätten!"
»Herold, lesen Sie die Anklage!« sagte der König

»Härold, läs anklagelsen!» sade konungen
Das weiße Kaninchen blies drei Stöße auf die Trompete
Den vita kaninen blåste tre stötar på trumpeten
dann entrollte er die Pergamentrolle
Sedan rullade han ut pergamentrullen
Und er las folgendes:
Och han läste följande:
"Die Königin der Herzen, sie hat ein paar Torten gebacken."
"Hjärter dam, hon gjorde några tårtor"
"All das tat sie an einem Sommertag"
"Allt detta gjorde hon en sommardag"
"Der Schurke der Herzen, er hat diese Torten gestohlen"
"Hjärter, han stal de där tårtorna"
"Und er hat diese Torten weit weg gebracht!"
"Och han tog de där tårtorna långt bort!"
»Rufen Sie den ersten Zeugen,« sagte der König
»Kalla det första vittnet», sade konungen
und das weiße Kaninchen blies drei Stöße auf die Trompete
och den vita kaninen blåste tre stötar på trumpeten
»Bringt den ersten Zeugen!« rief er
»Hit hit det första vittnet!» ropade han
Der erste Zeuge war der Hutmacher
Det första vittnet var hattmakaren
Er kam mit einer Teetasse in der einen Hand herein
Han kom in med en tekopp i ena handen
Und in der anderen Hand hatte er ein Stück Brot und Butter
Och han hade en bit bröd och smör i den andra handen
»Du hättest fertig sein sollen,« sagte der König
»Du borde ha slutat», sade kungen
"Wann hast du angefangen?"
"När började du?"
Der Hutmacher schaute sich den Märzhasen an
Hattmakaren tittade på den marscherande haren
Der Märzhase war ihm in den Hof gefolgt
Marschharen hade följt honom in på gården
Er war Arm in Arm mit dem Siebenschläfer gegangen
Han hade gått arm i arm med hasselmusen

»Ich glaube, es war der vierzehnte März«, sagte er

»Fjortonde mars, tror jag det var», sade han

»Geben Sie Ihre Aussage,« sagte der König

»Giv ditt vittnesmål», sade konungen

"Und sei nicht nervös, sonst lasse ich dich auf der Stelle hinrichten"

"och var inte nervös, annars ser jag till att du avrättas på fläcken"

Das schien den Zeugen überhaupt nicht zu ermutigen

Detta tycktes inte alls uppmuntra vittnet

Er rutschte immer wieder von einem Fuß auf den anderen

Han flyttade sig hela tiden från den ena foten till den andra

und er sah die Königin unruhig an

Och han såg oroligt på drottningen

und in seiner Verwirrung biß er ein großes Stück aus seiner Teetasse

Och i sin förvirring bet han ut en stor bit ur sin tekopp

Eigentlich wollte er von seinem Brot und seiner Butter beißen

I själva verket tänkte han bita av sitt bröd och smör

In diesem Augenblick fühlte Alice eine sehr merkwürdige Empfindung

Just i detta ögonblick kände Alice en mycket underlig känsla

Sie fing an, wieder größer zu werden

Hon började bli större igen

Der unglückliche Hutmacher ließ seine Teetasse fallen

Den eländige hattmakaren tappade sin tekopp

und das Brot und die Butter fielen zu Boden

och brödet och smöret föll till marken

und er fiel auf die Knie

Och han föll på knä

»Ich bin ein armer Mann, Eure Majestät,« begann er

»Jag är en fattig man, ers majestät», började han

»Du bist ein sehr schlechter Redner,« sagte der König

»Du är en mycket dålig talare», sade kungen

»Du darfst gehen,« sagte der König

»Du får gå», sade konungen

und der Hutmacher verließ eilig den Hof

Och hattmakaren lämnade hastigt gården

»Rufen Sie den nächsten Zeugen her!« sagte der König

»Kalla nästa vittne!» sade konungen

Der nächste Zeuge war die Köchin der Herzogin

Nästa vittne var hertiginnans kokerska

Sie trug die Pfefferdose in der Hand

Hon bar pepparlådan i handen

Und die Leute in der Nähe der Tür fingen auf einmal an zu niesen

Och människorna vid dörren började nysa på en gång

»Geben Sie Ihre Aussage,« sagte der König

»Giv ditt vittnesmål», sade konungen

»Ich will nichts beweisen,« sagte die Köchin

»Jag skall inte avge några bevis», sade kokerskan

Der König sah das weiße Kaninchen ängstlich an

Kungen såg ängsligt på den vita kaninen

Und das weiße Kaninchen sprach mit leiser Stimme

Och den vita kaninen talade med lugn röst

"Eure Majestät müssen diesen Zeugen ins Kreuzverhör nehmen"

"Ers Majestät måste korsförhöra detta vittne"

»Nun, wenn ich muß, so muß ich,« sagte der König

»Ja, om jag måste, så måste jag», sade konungen

"Woraus bestehen Torten?"

"Vad är tårtor gjorda av?"

»Torten werden meistens aus Pfeffer gemacht«, sagte die Köchin

"Tårtor är gjorda av peppar, för det mesta", sa kocken

Einige Minuten lang war der ganze Hof in Verwirrung

Under några minuter var hela domstolen i förvirring

Schließlich ließen sie sich alle wieder nieder

Till slut lugnade de alla ner sig igen

Aber da war die Köchin schon verschwunden

Men då var kocken försvunnen

»Macht nichts!« sagte der König

»Det gör detsamma!» sade konungen

"Rufen Sie den nächsten Zeugen in den Zeugenstand"
"Kalla nästa vittne till vittnet"
Alice beobachtete das weiße Kaninchen, wie es an der Liste
herumfummelte
Alice tittade på den vita kaninen när han fumlade över listan
Sie können sich vorstellen, wie überrascht sie war, als sie
das hörte, was sie als nächstes hörte
Du kan föreställa dig hennes förvåning över vad hon fick höra
härnäst
Mit lauter schriller kleiner Stimme rief er den Namen
»Alice!«
med sin gälla lilla röst ropade han namnet "Alice!"

Alices Beweise
Alices vittnesmål

»Hier!« rief Alice
»Här!» ropade Alice
Sie sprang in großer Eile auf
Hon hoppade upp i stor hast
und sie kippte die Geschworenenloge um
och hon välte omkull jurybåset
und sie warf alle Geschworenen um
Och hon knuffade omkull alla nämndemännen
und sie fielen auf die Köpfe der Menge unten
Och de föllo ned på folkhopens huvuden nedanför
Alice war in großer Bestürzung
Alice var mycket bestört
»Oh, ich bitte um Verzeihung!« rief sie aus
»Åh, jag ber om ursäkt!» utbrast hon
»Der Prozeß kann nicht fortgesetzt werden,« sagte der König
»Rättegången kan icke fortsätta», sade konungen
**"Die Geschworenen müssen wieder an ihre angestammten
Plätze zurückkehren"**
"Jurymännen måste komma tillbaka till sina rätta platser"
Er wiederholte den Befehl mit großem Nachdruck
Han upprepade ordern med stort eftertryck
und er sah Alice streng an
och han såg strängt på Alice
**"Was weißt du über diese Ereignisse?" fragte der König
Alice**
"Vad vet du om de här händelserna?" frågade kungen Alice
»Ich weiß nichts von der Sache,« sagte Alice
»Jag vet ingenting om saken», sade Alice
Dann las der König aus seinem Buch vor
Kungen läste sedan ur sin bok
"Regel zweiundvierzig"
"Regel fyrtiotvå"
**"Alle Personen, die mehr als eine Meile hoch sind, sollen
das Gericht verlassen"**
"Alla personer som är mer än en mil höga ska lämna gården"

»Ich bin keine Meile hoch,« sagte Alice

»Jag är inte en mil hög», sade Alice

»Fast zwei Meilen hoch,« sagte die Königin

»Nästan två mil högt», sade drottningen

»Nun, ich weigere mich zu gehen,« sagte Alice

"Jag vägrar att gå", sa Alice

Der König erbleichte

Kungen bleknade

und er schloß hastig sein Notizbuch

Och han slog hastigt igen sin anteckningsbok

**»Überlegen Sie sich Ihr Urteil«, sagte er zu den
Geschworenen**

"Tänk på er dom", sa han till juryn

Er sprach mit leiser, zitternder Stimme

Han talade med låg, darrande röst

Da sprach das weiße Kaninchen

Då talade den vita kaninen

"Es werden noch mehr Beweise kommen"

"Det finns fler bevis att komma ännu"

und er sprang in großer Eile auf
Och han hoppade upp i stor hast
"Dieses Papier wurde gerade abgeholt"
"Det här pappret har precis plockats upp"
"Es scheint ein Brief des Gefangenen zu sein"
"Det verkar vara ett brev skrivet av fången"
Er faltete das Papier auseinander, während er sprach
Han vecklade ut papperet medan han talade
"Es ist doch kein Brief"
"Det är ju inte ett brev"
"Was es war, war eine Reihe von Versen"
"Det var en uppsättning verser"
»Bitte, Eure Majestät,« sagte der Spitzbube
»Snälla, ers majestät«, sade knekten
"Ich habe diese Verse nicht geschrieben"
"Jag skrev inte de där verserna"
"und sie können nicht beweisen, dass ich etwas geschrieben habe"
"och de kan inte bevisa att jag skrev något"
"Am Ende ist kein Name unterschrieben"
"Det finns inget namn undertecknat i slutet"
Der König sprach mit dem Spitzbuben
Konungen talade till knekten
"Du musst vorgehabt haben, Unheil anzurichten"
"Du måste ha haft för avsikt att ställa till med något ofog"
"Sonst hättest du wie ein ehrlicher Mann unterschrieben"
"Annars skulle du ha skrivit ditt namn som en ärlig man"
Es gab ein allgemeines Händeklatschen
Det hördes en allmän handklappning
Und der König wandte sich an das weiße Kaninchen
Och kungen vände sig till den vita kaninen
»Lest die Verse!« befahl er.
"Läs verserna", beordrade han
Es herrschte Totenstille im Gerichtssaal
Det var dödstyst i rättssalen
und das weiße Kaninchen las die Verse vor
och den vita kaninen läste upp verserna

Sie sagten mir, du wärst bei ihr gewesen
De sa att du hade varit hos henne
Und sie erwähnten mich ihm gegenüber
Och de nämnde mig för honom
Sie gab mir einen guten Charakter
Hon gav mig en bra karaktär
Aber sie sagte, ich könne nicht schwimmen
Men hon sa att jag inte kunde simma
Er ließ ihnen wissen, dass ich nicht gegangen sei
Han sände dem bud om att jag inte hade gått
Wir wissen, dass es wahr ist
Vi vet att det är sant
Wenn sie die Sache vorantreiben sollte, was würde aus dir werden?
Om hon skulle driva frågan vidare, vad skulle det då bli av dig?
Ich gab ihr einen, sie gaben ihm zwei
Jag gav henne en, de gav honom två
Du hast uns drei oder mehr gegeben
Du gav oss tre eller fler
Sie sind alle von ihm zu dir zurückgekehrt
De har alla vänt tillbaka från honom till dig
obwohl sie vorher meine waren
trots att de var mina förut
Wenn ich oder sie die Chance haben sollte,
Om jag eller hon skulle råka bli det
Wenn ich oder sie in diese Affäre verwickelt wäre
Om jag eller hon var inblandad i den här affären
Er vertraut auf dich, dass du sie befreien wirst
Han litar på att du ska befria dem
Genau so wie wir waren
Precis som vi var
Ich hatte den Eindruck, dass Sie
Min föreställning var att du hade varit
Bevor sie diesen Anfall hatte
Innan fick hon det här anfallet
Ein Hindernis, das dazwischen kam

Ett hinder som kom emellan
Er und wir und es
Honom, och oss själva, och det
Lass ihn nicht wissen, dass sie ihr am besten gefallen haben
Låt honom inte veta att hon gillade dem bäst
Denn dies muss für immer ein Geheimnis bleiben, das vor allen anderen verborgen bleibt
Ty detta måste för alltid vara en hemlighet, hemlig för allt det andra
Dieses Geheimnis muss ein Geheimnis zwischen dir und mir bleiben
Denna hemlighet måste förbli en hemlighet mellan dig och mig
Der König war sehr beeindruckt
Kungen var mycket imponerad
"Das ist das wichtigste Beweisstück, das wir bisher gehört haben"
"Det är det viktigaste beviset vi har hört hittills"
»Ich glaube nicht, daß diese Verse auch nur ein Atom Bedeutung haben,« wandte Alice ein
"Jag tror inte att de där verserna har en atom av mening", invände Alice
der König hatte seine eigene Meinung zu dieser Angelegenheit
Kungen hade sin egen åsikt i frågan
"Wenn diese Worte keinen Sinn haben, erspart das eine Menge Ärger"
"Om det inte finns någon mening med de orden, sparar det en värld av problem"
"Dann brauchen wir nicht zu versuchen, den Sinn zu finden"
"Då behöver vi inte försöka hitta meningen"
"Lassen Sie die Geschworenen über ihr Urteil nachdenken"
"Låt juryn överväga sin dom"
»Nein, nein!« sagte die Königin
»Nej, nej!» sade drottningen
"Erst die Verurteilung, dann das Urteil"

"Dom först – dom sedan"
"Zeug und Unsinn!" sagte Alice laut
"Struntprat!" sa Alice högt
"Wie dumm ist es, den Angeklagten zuerst zu verurteilen!"
"Hur dumt är det inte att döma den tilltalade först!"

»Schweige!« sagte die Königin und färbte sich violett an
»Håll tyst!» sade drottningen och blev purpurröd
"Ich werde nicht den Mund halten!" sagte Alice
"Jag tänker inte tiga!" sa Alice
schrie die Königin aus voller Kehle
skrek drottningen så högt hon kunde
"Hack ihr den Kopf ab!"
"Hugg av hennes huvud!"
Niemand machte eine Bewegung
Ingen gjorde en rörelse
"Wen kümmert es, was du sagst?" sagte Alice
"Vem bryr sig om vad du säger?" sa Alice
**Zu diesem Zeitpunkt war sie bereits zu ihrer vollen Größe
herangewachsen**

Hon hade vuxit till sin fulla storlek vid det här laget
"Du bist nichts als ein Kartenspiel!"
"Du är inget annat än en kortlek!"
Bei diesen Worten hoben sich alle Karten in die Luft
Då flög alla korten upp i luften
und alle Karten flogen auf sie herab
och alla korten flögo ned över henne
Sie stieß einen kleinen Schrei aus
Hon gav till ett litet skrik
Sie war halb erschrocken, aber auch wütend
Hon var halvt rädd, men också arg
Und sie versuchte, sich gegen die Karten zu wehren
Och hon försökte kämpa bort korten från sig själv
Und dann fand sie sich auf der Grasbank liegend
Och så fann hon sig själv liggande på gräsvallen
Ihr Kopf lag im Schoß ihrer Schwester
Hennes huvud låg i knät på hennes syster
**Einige abgestorbene Blätter waren auf ihrem Gesicht
gelandet**
Några döda löv hade landat på hennes ansikte
und ihre Schwester wischte vorsichtig die Blätter weg
och hennes syster borstade försiktigt bort löven
»Wach auf, liebe Alice!« sagte die Schwester
»Vakna, kära Alice!» sade hennes syster
"Was für einen langen Schlaf hast du gehabt!"
"Vilken lång sömn du har haft!"
**"Oh, ich habe so einen merkwürdigen Traum gehabt!" sagte
Alice**
"Åh, jag har haft en så underlig dröm!" sa Alice
**Und sie erzählte ihrer Schwester alles, woran sie sich
erinnern konnte**
Och hon berättade för sin syster allt hon kunde komma ihåg
**all die seltsamen Abenteuer, von denen Sie gerade gelesen
haben**
alla märkliga äventyr som du just har läst om
Alice stand auf und rannte davon
Alice reste sig och sprang iväg

Und während sie lief, dachte sie an ihren Traum
Och medan hon sprang tänkte hon på sin dröm
"Was für ein wunderbarer Traum das gewesen war!"
"Vilken underbar dröm det hade varit!"

www.ingramcontent.com/pod-product-compliance
Lightning Source LLC
Chambersburg PA
CBHW011046190726
48290CB00011B/3026